JN111687

魂に蒔かれた種子は

NHKディレクター・仕事・人生

戸崎賢二
Tozaki Kenji

あけび書房

妻　克子へ

はじめに

ＮＨＫディレクター、という職名は、一般的にはどう受け取られているでしょうか。おそらく、テレビメディアの第一線で活躍する職業として、プラスイメージでとらえられているのではないかと思います。

ＮＨＫには大勢のディレクターが働いています。中には優れたドキュメンタリーやドラマのディレクターとして社会的に賞賛される人々もいます。同時に、大半のディレクターは、とくに注目されることもなく、大量の日常的な番組を送り届けるために日夜営々と働いています。

私は、１９６２年にＮＨＫに入社し、１９９９年に定年で退職するまで、一貫してディレクター職として働きました。華やかなドラマや報道番組ではなく、地味な教育・教養番組を企画、担当してきました。どちらかと言えば平凡なサラリーマンディレクターだったと言えるでしょう。

本書に集めた文章は、そうした立場の人間が定年退職後、仕事や生い立ちを回想して書いたものです。とても書籍にする価値があるとは思えませんが、ＮＨＫの一般的なディレクターが、何を考え、どのような仕事をしてきたのか、ＮＨＫで働く人間に興味を持たれる視聴者の方には、その理解の一助にでもなれば幸いと考えています。

実は、収録した文章は、定年頃から大学同窓生と三人で始めた『風船』という私家版同人誌に掲載したものです。年1回のペースで印刷し、友人、知人だけに配布してきました。

この同人誌は２０１２年に15号で終刊しましたが、その間、私は17編の文章を書きました。そのうち10編を選んで収録することになりました。

このような事情は、これから本書を読もうとされる方々には意味がないと承知しています。しかし、この手造りの同人誌がなければこれだけの文章の集積はありませんでした。ここに、同人だった長沼士朗、大谷利治の名前を記して、感謝の気持ちを表明しておきたく思います。

なお、本書のタイトルは、選んだ文章のうちの「魂に蒔かれた種子」からとりました。

書籍化が実現したのは、あけび書房の久保則之氏の多大な尽力によるものです。改めて深くお礼申し上げます。

２０２０年12月　筆者

もくじ

魂に蒔かれた種子は

記憶の淵より

いのちにふれる日々

ディレクターの仕事

大岡先生の思い出

一

1984年（昭和59年）の夏のある日、成城にある作家大岡昇平さんの自宅に着くと、大岡さんが「局から連絡するようにと電話がありましたよ」と言った。大岡さんの家の電話は食堂にあって、丁度先生は昼食をとっている最中だった。大作家の昼食は冷麦をザルに盛ったものだけで、ほかには何もない。私はそれを横目で見ながら局へ電話した。

転勤の内示であると内容はわかっていた。総務部長が「仙台に行っていただきますので……」と言った。どうやら今の仕事が転勤前、東京最後のものになるな、と思いながら電話を終えた。

大岡さんは、ぼくの昼飯はこれだけなんだよ、とぶつぶつ言いながら相変わらず冷麦をすすっている。この時すでに75歳の先生は心臓病、糖尿病があり、1日1800キロカロリーという処方に従っておられたので、低カロリーの食事になるのはやむを得なかった。お酒はビール小びん1本だけ許されていると私に嘆かれていた。

この日は、大岡さんの三夜連続のインタビュー番組の収録を行うことになっていたのである。間もなく聞き手としてお願いした作家の中野孝次さんが到着する予定だ。私は転勤のことは誰にも言わず、大岡家の前に停めてあった中継車に向かった。……

長いディレクター生活のなかで、著名な作家や評論家、芸術家に担当番組に出演してもらい、親しくその人格に触れる経験は少なくないが、戦後文学を代表するこの巨大な作家の、45分3本ものインタビュー構成番組を企画、制作できた体験は、後述するような特別に個人的な理由によって、ある幸福感の記憶を伴いつつ、忘れ難いものとなっている。

大岡さんに出てもらった番組とは、1984年8月14日から三夜連続で放送した次のようなシリーズである。

番組枠は教育テレビ「NHK教養セミナー」終戦記念日特集で、通しタイトル「大岡昇平・時代への発言」。

第1回「出征」（8月14日）
第2回「死んだ兵士に」（8月15日）
第3回「三十九年目の夏に」（8月16日）

第1回は、太平洋戦争末期、35歳の大岡さんが召集され、フィリピンへ送られる時期の回想を中心に構成した。第2回は「レイテ戦記」を軸に死者への作家の思いを語ってもらった。第3回は中原中也の思い出を前半に、後半、8月という時期に何を考えるべきか、視聴者へのメッセージを含むものとした。

私はこの企画を3月に書き、大岡さんに手紙を出して出演OKをもらった。そのとき書いた3本の番組内容の構想は、ほぼ放送まで維持されそのまま実現した。幸せな経緯だと言うべきだろう。

制作にあたっては、3本を一人で仕上げるのはスケジュール的には無理で、若いディレクター一人についてもらって、3回分の作成作業を担当してもらった。

インタビューアーは作家の澤地久枝さんと中野孝次さんにお願いした。第1回が澤地さん。第2回、第3回が中野さんだった。

澤地さん、中野さんを聞き手に、というのは、大岡昇平について基礎的な勉強をする中で、自然に浮かんできたことだった。もとよりこのお二人に面識があるわけではないが、その作品と姿勢の誠実さを活字の上で承知していて、畏敬の念を抱いていた。だから企画書の中ですでにお二人の名前を書いていたのである。

ディレクターという職業では、番組で有名人に付き合ってもらった経験を密かに誇りにするようなところがある。スノッブ（俗物）的な心性の働きを示す現象だと言えるかもしれない。スノッブの古典的な定義は、〝自分は高貴な人物ではないのに、高貴な人と知り合いであることをもって、自分を実際よりも大きく見せようとする傾向の人間〟である。とすれば、ディレクターは、仕事の構造上スノッブたることを運命づけられた職業と言えるかもしれない。

しかも、有名人が付き合ってくれるのは、実は所属する企業、大テレビ局の名前があるからなのに、あたかもディレクター個人との関係であるかのような外見を生ずる。そのため、往々にしてディレクターは自分の能力によって出演者が協力してくれた、という倒錯した感覚に陥る危険がある。こうした錯覚を日夜積み重ねてしまうことが、マスコミ人間の俗物性を肥大させる基盤になるのだろう。

だから、こんな有名な才能に出演してもらった、というようなたぐいのことは言いたくないし、大作家大岡昇平に出演してもらった、と嬉しそうにいうのもどうかと思うが、ことこの尊敬する作家に限っては、私は喜んでスノッブのそしりを受けようと思う。それほど楽しい経験だった。

二

一連の撮影、インタビューの収録が終わったのが7月下旬。8月なかばの放送まで、超過密な作成の日々が続いた。その間、内容について大岡さんからは一切の指示、要求はなかったと記憶している。インタビューのどこを使うか、引用朗読するのはどの作品のどの部分か、などについて、いっさいこちらまかせだった。

したがって、大岡さんが仕上がりを観たのは放送で初めて、ということになる。気に入っていただけたかどうか心配だったが、放送後、電話をしたとき、お叱りもなく、まああんなものでしょう、という感じだったのでほっとしたことを覚えている。

大岡さんが亡くなられて数年後、武田泰淳夫人である武田百合子さんのエッセイ『日々雑記』が刊行された。そこに、この放送を大岡さんが観たときのことが生き生きと書かれている。

大岡さんは富士北麓に別荘を持っておられて、毎年夏はそこで過ごされるのが常だったが、放送もこの山荘で観られたのである。この別荘の近くに友人の武田泰淳夫妻が住んでいて、親しく行き来があった。放送の年には武田泰淳はすでに亡くなっており、夫人の百合子さんが滞在していた。放送当日、大岡さんの奥さんが「テレビ観にきますか、と大岡が言っています」と武田さんを呼びに来る。武田さんは大岡さんの別荘で夫妻と一緒に番組を観るのである。

大岡さんが、当然のことながら放送内容に重大な関心を持ちつつ、しかも照れながら番組を観ておられたようすを「日々雑記」は次のように書いている。第1回放送分についての部分。

成城の家の緑がうつる。大岡さんが何かしゃべりながら歩いている。「ゲーリー・クーパーに似てるか」と大岡さんは小声で訊かれる。私は肯く。海や船の景色が入って作品が朗読される。大岡さんは「たいしたもんだ」「えらいこといっちゃったな」などと呟かれる。照れ臭いのだ。（中略）

終わったとき、私はひとり拍手をした。拍手をしていたら泣き出しそうな気持ちになったので、それをごまかすように、なおさら大きく拍手した。

ゲーリー・クーパーに似ているか、と訊かれたのは、好男子の大岡さんが若い頃誰かに、この大スターに似ていると言われたことからきている。放送中にふざけてこんなことを言われたのは照れ隠しにちがいない。次は第2回「死んだ兵士に」を観た夜のこと。

……戦地で土壇場になったとき、皆、魂が剥き出しになって、かあちゃんにも言わなかった色んなことを告白した。（中略）

戦後ミンドロ島を訪ねていったら、米兵の掘ったタコツボも、日本兵の掘ったタコツボも、そのまま残っていた……。

テレビの中の大岡さんはそう語り、続けて「……大砲も」といって絶句し、眼鏡の眼にみるみる涙がたまった。すると私と向かい合ってテレビをみていた大岡さんの眼にも涙が溢れた。今日の聞き手は中野孝次さん。終わったとき、昨夜と同じく私はひとり拍手をした。

「あれ、俺もっと言ったと思ったのに。ちょっとあすこの会話おかしいな。言い足りなかったな。明日の方にまわしてあるのかな。玄人がみれば難があるぞ」

私にはどこの会話か見当がつかなかった。年長と年若の小説家同士が真剣に話し合ってる、……いいなあと思ってみていた。

この武田百合子さんの文章で、〝ミンドロ島を訪ねていったら〟とあるのは記憶違いで、大岡さんはミンドロ島を訪ねる前にレイテ島を訪れており、そこでタコツボを見たのである。

第2回の収録中、突然作家の言葉が震え、途切れたときのことはよく覚えている。収録は大岡邸の庭で行われた。そこから送られてくる映像を、簡易中継車で観ていて、思わずこちらも胸がつまった。収録中の白眉といえるこの瞬間を逃すわけにはいかない。細心の注意を払って構成に取り入れたので、大岡さんの言うように「玄人がみれば難があるぞ」ということはなかったはずである。これも、武田百合子さんに涙をみせたことへの照れ隠しではないかと、私は疑っている。

大岡さんの作品を読むと、作家が絶えず死者へひきもどされつつ、そのひきもどされる仕方が作品になる、という光景を目撃できる。

周知のように、大岡さんは太平洋戦争末期に、35歳という、兵隊としては老兵に属する年齢で補充兵として召集され、実戦はもとよりたいした訓練も経験しないまま、すぐにフィリピンへ送られた。輸送船も危険な戦況のなかで、さらに南方に送られることは、事実上死ねということと同じだった。

大岡さんがいたのはルソン島の南にあるミンドロ島である。南部海岸の町サンホセの警備隊に配属された。昭和19年12月、マニラ奪還をめざす優勢な米軍がこの島に上陸した。サンホセ警備隊はすぐ山中に入ったが、翌20年1月、山中の露営地も攻撃をうけ、警備隊六十余名のほとんどは死んだ。大岡さんは戦闘の疲れと、マラリアの高熱で昏倒していたところを米兵に発見され俘虜となったのである。このときの体験が戦後文学不朽の名作『俘虜記』に描かれた。

俘虜になるまえに手榴弾で自殺を試みたが、不発で死ねなかった。苛酷な状況のなかで、この作家が死ななかったのは奇跡のようである。まるで見えざる手がはたらいて、大岡さんを戦場に赴かせ生きて帰らせ、太平洋戦争という悲劇について、証言を人びとに残すようにしたのだ、と思いたくなるほどである。そのおかげで私たちは、この戦争について、日本人によって書かれた考えうる限り最高の文学作品を手にしているのである。

知的で強靭で剛毅な、という印象を作品から受けるこの作家が、たいへん優しい人であり、なにかの折りに涙を流されることがある、とは、交遊のあった人びとの記録からもわかっていた。しかし、それを目のあたりに目撃できるとは思ってみなかった。私は深くこころを動かされた。なんという作家であろうか。死者への変わらぬ共感、深いところにある無垢なもの、優しさ、作品の底に流れているあるものが、モニターの中の人間の形をとって突然現れた。そんな強い印象が、収録中の私の心に刻まれた。

この時のことを、聞き手の中野孝次さんも書いている。1992年1月の『別冊文藝春秋』に発表された中野さんの「わが師　大岡昇平」の最後の方に、次のようなくだりがある。（のち講談社『贅沢なる人生』に収録）

真夏の暑い日だった。大岡邸の庭の芝生に椅子を据えて、暑い日ざしの中で話してもらうことになった。始まるまで大岡さんは機嫌よく高い声で笑ったり冗談を言ったりしていたが、いざカメラが回りだしてやがてわたしがフィリピンで死んだ兵のことを訊ねる段になったとたん、大岡さんは何かが衝き上げて来たように「うっ」と詰まり、しゃべることが出来なくなった。目に涙が溢れた。

「どうもいけない、いまでもあのことを思い出すと、たちまちこうなってしまうんだ」

涙を拭いながら言いわけする大岡さんを、カメラは容赦なく写し続けた。

（中略）

「あの場面はカットしといてくれ」とあとで大岡さんは頼んだが、戸崎ディレクターは、彼もその場面に最も強い印象を受けたらしく、カットしないで編集した。

大岡昇平という作家のありようを凝縮してみることができたこの瞬間を、どうしてカットなどできよう。

中野さんもまた、にこやかに話していた老作家が、話が死んだ兵たちのことになったとき、そんなはげしい感情的反応を起こすのを目のあたりにして、感動した、辛くて観ていられなかったが、インタビューアーとしては、心をはげまして話しかけねばならなかった、と回想している。

三

さて、大岡さんのインタビュー番組をなぜ企画したかを書いておかねばならない。テレビ番組は公共の電波を使うが故に、もともと極めて公共性の強いものである。ましてやＮＨＫという公共放送にあっては、なおさら番組の持つ公共性が強く意識されなければならない。

しかし、番組の公共性が、企画についても貫かれるとは限らない。テレビ局員のまったく個人的な思いから発する企画はいくらでもある。企画がプライベートな意図から発したとしても、それは必ずしも番組の公共性を削ぐことにはならない。

大岡さんの番組は、まったく私の個人的な思いに発端がある。敗戦記念日の番組として社会的意義を持ちえたのは、私にとっては結果にすぎなかった。

1983年1月に、わが家は9歳になる次男を病気で失った。心臓に先天的な障害があったが、普段は元気な男の子で、都内の病院で定期的にチェックする以外は、普通の子どもと変わりなく学校へ通っていた。この子が1982年暮れ、カゼがもとで重い感染症にかかり、そのためにできた血液の固まりが脳に行って、脳梗塞を起こした。そのあと1か月脳死状態が続いて息子は亡くなった。

このことをここで詳しく書くつもりはない。書き手へのなにがしかの同情を誘うだけで、亡児にとっては無意味であるからだ。このことと、大岡さんの番組についての関連だけを記しておきたい。

人工呼吸器によって強制的に呼吸させられ、心臓だけが動いている子どものわきに、私たち夫婦は交替で詰めたが、あとから考えると、客観的、医学的には絶望的な状態だったはずだ。当時私たちは、奇跡を信じて付き添ったが、この個室の時間と空間は私たちには戦場のようなものだった。居てもなにもできることはなかった。じっとしているのは耐えがたく、また何かしようとしても無理だった。

奇跡を待つあいだ何をしたらよいのか？　本を読むといっても、この状況に対抗して、ひととき心を休ませることのできる書物などあるはずがなかった。

しかし、頭に入らなくても、本を手にして、なにか読んでいなければ、神経がおかしくなりそうであった。

そういう状況で、辛うじて読み続けることができたのが、大岡さんの作品群だった。もちろん、こういう状況で、読むに価する深遠な文学作品はほかにもあるであろう。しかし、深いだけでは耐えられず、同時に、読むこと、文章をたどることに伴う生理的な快感のようなものがなければならなかった。大岡作品にはその二つがあったと思う。

辛うじて読みつづけられた、と書いたが、読みつづけられた、というより、読むことによって、自分をとりまくこの絶望的な状況がすこし和らぐような気がした、ということかもしれない。勿論、事態が変わるわけではなく、これは錯覚にすぎなかったが、この時の私にはどうしてもこの眼前の危機的な状況を、一つの経験として対象化しなければならなかった。そうするほか、自責の念から自分自身を破滅させることを避ける術はなかったのである。

勿論、本当の意味で危機に瀕していたのは、意識なく横たわる息子であった。同時に親もまた危機的な状態にあった。人は危機に直面して宗教か文学に救いを求めるという。私の場合は文学だったことになる。

この時の哀れな父親にとって、無数の死者を見てきた作家が、また、自らも一度死んだ作家が、書くことによって辛い経験を乗り越えようとした軌跡は、胸に深くしみた。

大岡さんは、復員して旧知の人びとを訪ねるが、兄師していた小林秀雄に、戦争の体験を書くようすすめられる。その間の事情を書いた短編『再会』の終わりに次のような文章がある。

しかし経験とは、そもそも「書く」に価するだろうか。この身で経験したからといって、私がすべてを知っているとは限らない。（中略）

ただ私は「書く」ことによってでもなんでも、知らねばならぬ。知らねば、経験は悪夢のように、いつまでも私について廻る公算大である。そして私の現在の生活はいつまでも夢中歩行の連続にすぎないであろう。

あの過去を、現在の私の因数として数え尽くすためには、私はその過去を生んだ原因のすべてを、私個人の責任の範囲外のものまで、全部ひっかぶらねばならぬ。私のような才能のない者が、どうしてそれをやらねばならぬのであろう。誰かほかにやる人はないものか。

息子の死は、その時〝過去〟にはなっていなかった。しかし、奇跡を望んでいた一方で死は充分に予感されていた。もし、その死を経験したとしたら、私たちはその後どういうふうに生きていったらいいだろうか、まったく見当もつかなかった。そうした時、「過去を現在の私の因数として数え尽くす」と書いた作家の覚悟、精神が私を支えるような気がしたのである。一人の読者が自分の体験に則してある表現に救いを見る。著者は予想もつかないであろう。文学の人間への効用というのはこういうことではないだろうか。

息子がとうとう亡くなり、家族が混乱と悲嘆の時期にあった頃も、大岡さんの作品は私にとっては癒しの意味を持った。とくに死者たちへの姿勢において。

ただ、悲嘆にくれたひとりの親が、大岡文学にふれて救いを見いだし、生きる希望を持った、と、この間の体験を概括するとすれば、それは一種の偽善であろう。実際のところは、この死の意味するところもわからぬままた私は日常の中に戻って行き、相変わらず愚行を交えた慌ただしい生活を送っている。これを立ち直る過程と言うなら、立ち直るとはなんと罪深いことであろうか。

しかし、悲しみが時間の経過によって慰撫されていく過程に、大岡さんの文章が、時折立ち会ってくれていたことは確かである。私の好きな作品に『ミンドロ島ふたたび』という中編があるが、そこにある文章もまた、私にはこたえた。戦後25年たって、大岡さんは作家として再びミンドロ島を訪れる。その訪問を題材にした名作の中の文章である。

私もいまは歳を取って涙もろくなっているが、とにかく二五年前の兵隊の時のことを思い出すと、いつも涙が出てくるのである。あれはとにかく大変な経験だった。生死の境目にいただけに、みんな人間の臓腑をむき出しにしたような暮らし方をしていた。そういう中で、あいつはあの時、あんな笑い方をしたとか、こんなことを言ったとか、日常的な生活の細目が残っていて、それを思い出すと涙が出てくるのである。

別に深い交際でもないのに、あの故郷を何千里も離れた異境の町で、野で、林の中で、同僚がある瞬間とった姿勢とか表情が、まるで私の一部になったかのように、思い出されてくる。そして、その人がいまは亡いということは、なにか重大な意味を持っているらしく、思い出すだけで、まるで実在しているかのように働きかけてくる。死者がいつまでも生きているように感じられる時、生きているものは、涙を流すほかはないらしいのである。

〝まるで私の一部になったかのように、思い出されてくる〟のは、私たちと死んだ次男の関係そのものではないか。そして、〝死者がいつまでも生きているように感じられる時、生きているものは、涙を流すほかはないらしいのである〟ということも。

大岡さんの場合は、死者が肉親ではないのに、この共感する力はなんとも言いようがない。

番組第2回は『レイテ戦記』が中心だったが、大岡さんは執筆の意図を、多くの無名の兵士に、「あなたはここで、こういう理由で死んだのだよ」と、一人ひとりの墓碑銘を書くつもりで書いたのだと語った。そのしばらく後で、涙で絶句されたのだった。

瀕死の少年が横たわる都会の病室と、戦場であるフィリピンの原野とは、比較の対象にはならないが、死がいつでもやってくる、という点では似ているところがある。

私は大岡さんに会いたいと思い、息子の死の1年後に番組の企画を書いた。

四

仙台へ転勤したあと、10月初め、大岡さんからセーターが送られてきた。分厚いグレイのしっかりしたセーターで、東北は寒いだろうから、二子玉川の高島屋で買ったのを送ると手紙にあった。番組はあなたが転勤する最後の記念に企画したのではないか、と家人と話しているとも書いてあった。

1988年12月25日、大岡さんは亡くなられたが、その時私は、この作家が生きていて、私たちと同じ空気を吸っていた時間が、いかに貴重なものだったかを思い知ったのである。

「良い先生」の話

仕事であるテレビの取材で学校の先生と会う機会はこれまでもしばしばあった。そういったとき、告白するが、無意識のうちにこの先生はいい先生だろうか、と測ってしまっていた自分に気づく。

教師にたいする世間の目の厳しさは相変わらずだ。私もかつて生徒の親だった一人として、そのような心のはたらきがどこかで残っているのかも知れない。

どういう先生が良い先生か、などという問いは、答えるのが難しい。ただ、出会い、撮影していた先生のある行動や、その人の語るのを聞いて、ああこの先生はいい先生だなあ、と胸のなかでつぶやくことは、確かにある。そんな記憶の中から書いてみたい。

一

ある小学校で撮影中にこんなことがあった。

4月の新学期、3年生になったばかりのクラスで、子どもたちが自己紹介をするのを撮っていた。組替えがあって、新しいクラスになったので、新学期の最初の時間に、一人ずつ自分のことを皆に紹介するのである。担任は教職2年目の、いかにも好青年といった感じの先生で、子どもたちには、自己紹介で「自分の良いところ」つまり長所と、「3年生になったら頑張りたいこと」の二つの項目で発表するよう要求して、にこにこしながら聞いていた。

撮影クルーは教室の後ろでカメラを構え、子どもたちが一人ずつ前に出てきて緊張しながら短いスピーチをするのを記録していた。「ぼくの良いところは……」と言って、大抵の子はひと呼吸おく。そして、「お母さんの手伝いができるところです」と言ったり「弟の面倒をみられるところです」と得意げに述べたりした。なかには「朝目覚まし時計でちゃんと起きられることです」と言った子がいて、スタッフの微笑を誘った。

40人くらいの学級だったろうか、最後はちょっと地味な感じの女の子だった。彼女は前に出て、「私の良いところは……」と言ってから少し黙った。他の子と同じように何を言おうか考えているのだろうと、私は思って見ていた。

「私の良いところは……」のあと沈黙があって、彼女はなんと言ったか。「……ありません」と小さく言って先生の方を見たのである。

若い教師は、それまでは、優しい調子で子どもたちの発言を確かめたり、言葉をかけたりしていたが、この女の子の自己紹介を聞いたとき、我々が少し驚くような強い調子で言った。

「誰も良いところがない人なんていません。もっとよく考えて」

それは、まったく改まった真剣な調子だった。結局その女の子は、絶句したまま自分の「良いところ」についてコメントできず、「あとで思いついたら教えてね」と先生に言われて席に戻った。

この何でもないような小さなできごとを、あの4月の明るい陽差しがさしこんでいた教室の情景と共に、時折思い出すのは理由がある。実はこのシーンは撮影できていなかったのである。

3年生になったばかりで、実質はまだあどけない2年生といった子どもたちの、一生懸命の自己紹介は、たとえようもなく可愛いらしかった。開始から30人くらい撮影したところで、到底放送には入らないのに撮り続けていることに気づき、かなり可愛い場面が撮れたから、もういいだろう、とカメラを止めた。しかし、そのままスタッフが教室を出ていってしまうのは、そのあと登場する子どもたちに失礼である。カメラを止めたまま、我々は教室に残っていた、その時間に彼女が登場したのである。

「私の良いところはありません」と子どもが言ったとき、「自分の良いところ」のさまざまなヴァリエーションが語られる場面のレベルは、明らかに別のものへ変化する。あるいは深化したと言ってよいかも知れない。その場面の意味はなにか、あらためて読みとる作業が要求されるだろう。だから、このシーンが撮影できなかったことを、そのとき惜しいと思った。スタッフはがっくりきて、うなだれて教室を出たように記憶している。

二

この小さな経験を、たまたまある大学で非常勤講師をしていたので、授業で学生に話したことがある。このシーンから見えるのは、常識的に言えば、教師の子どもたちにたいする思いの強さ、どんな子にも良いところを見つけようとする教師の誠実さ、といったことにはならないだろうか？私は肯定的に語ったと思う。

しかし、しばらく後に学生たちのレポートを見ていたら、私の見方に厳しく抗議する一人の学生の文章があった。要点はこうである。……講師は（つまり私は）この場面を、心に残るいいシーンであるかのようにコメントしたが、そうは思わない。「自分には良いところがない」という子どもも存在を認められる、ということがむしろ大事なことではないか、教師はそういう子どもも受け入れるべきで、「良いところ」を無理に言わせようとするのには強い抵抗を感じる……。

たしかにこの学生の主張はわからないでもない。学校でも家庭でも「良いところ」があるように絶えず要求され続けてきた経験から、みんなが「良いところのある子」であらねばならない、という画一主義にうんざりする思いを重ねてきたのだろう。だからこの学生にとっては、先の若い教師の態度はむしろ不快なものと映る。

しかし、小さな声であってもはっきり「私の良いところはありません」と言った子の、さまざまな心の状態に思いをはせると、やっぱり「君にも必ずいいところがあるよ」と即座に励ました教師の態度は、正当ではないかと思ったのである。

ただ、教室の出来事は際限もなく個別的であって、そこに至るその教師と子どもの関係の歴史のなかで意味をとらえなければならないから、こういうエピソードを一般化して論ずることは危険かも知れない。

三

実はこの撮影は、1990年から1991年にかけて、青森県十和田市立三本木小学校で長期取材したときのものである。

取材の結果は、1991年4月に75分にまとめて放送した（タイトル「若き教師たちへ～三本木小学校伊藤校長最後の一年～」）。

番組の主人公の伊藤功一校長は、かつて哲学者林竹二を招いて、勤務していた小学校で授業の改革に取り組んだことで知られる。それから15年の年月が経過し、伊藤校長は、十和田市の中心部にある三本木小学校で定年前の最後の1年を迎えていた。番組はその1年を、若い教師たちとの交流を軸に記録したものである。

学校は閉鎖的である、とよく言われる。たしかに、我々が学校で取材しようとするとき、それがいわゆる〝教育的事件〟の追及などではなく、学校のプラスイメージに役立つような取材であっても、さまざまな制約、規制が加えられたり、ときには管轄の教育委員会にたいする面倒な手続きを要求されることもある。

こうした言い方は、先生の側からはマスコミ側の勝手と映るだろう。学校の実践が微妙な段階にあって、テレビ取材が入るのはマイナスになる、と考えられるケースもあるだろうし、何よりもテレビのクルーが学校にいるということ自体が、日常ではない異様な状態で、そんな無用の緊張を強いられるのは御免だ、という感じもうなづける。

こうした一般的傾向のなかで、三本木小学校での撮影では、テレビ取材と学校の関係という点で新しい事実が作り出されたように思う。校内での撮影は全く制限されなかった。また、最終的に番組内容がどうなるかについても、チェックはなかった。担当者と伊藤校長との間に一定の信頼関係があった、という属人的要素が大きいことは認めるが、それを勘案しても、この取材の自由度は希有のものだったと思う。だいたい、伊藤校長と撮影について打ち合わせをした、という記憶がほとんどない。個々の撮影許可などは意識になかったのである。このような取材が成立したのは、根本的には、伊藤功一という教育者の底知れぬ包容力と度量、見識、それと胸を開いて授業をカメラの前に公開し、撮影クルーも授業研究の輪の中に引っぱりこんだ教師たちの意欲、によるものとしか言いようがない。

伊藤さんが林竹二を招いた青森県七戸町立城南小学校の教師の実践は、林・伊藤共著の『授業を追求するということ』(国土社)に詳しいが、その中で伊藤さんは、城南小学校が世に知られることに伴って増えた参観者や報道関係者の取材について、次のように言う。

……しばしば訪れた学校参観者に対しても、学校のどの教室でもオープンに公開できた。それは決して、私たちが他に誇れるような授業をしていたから、自信をもって授業を見せたのではなく、城南の教師自身が「自ら学ぶ」という姿勢において、自分を他の前に曝すことに抵抗を感じなくなったからであった。……

さらに伊藤さんは、参観者や報道関係者によって授業が妨害される、という見方について、〝充実した授業をすれば、参観者やテレビカメラがあっても、子どもたちはほとんどわずらわされることはない。最初の数分だけであとは授業に集中する〟と書いている。

我々が撮影に入った三本木小学校でも全く同じことが起こった。通常、カメラに先生や子どもたちが慣れるまでに、かなりの日数を要するものと考えられがちだが、最近の取材の体験は必ずしもそうではないことを教えている。三本木小学校での撮影で、それが全く初めてのクラスであっても、子どもたちは最初の数分はカメラを気にするが、あっという間にクルーは〝無視〟された。

三本木小学校での教師の校内研修の出発点は、伊藤校長が言うように〝教師の、教えることにおいて非力であることの徹底的な自覚〟であり、そのために授業をお互いに公開し学びあう教師の姿があった。ある日、伊藤校長と雑談していたら、先生が笑いながら、「なるべくぶざまなところを撮ってください」と言ったのを、今でも覚えている。「非力の自覚」のためには自分の授業を同僚にも父母にも、時には外来者であるマスコミの人間にも曝す、という姿勢が動かないものとしてあると、そのとき感じたものである。

番組はだから、失敗の授業、ごつごつとうまくいかない授業が、時間軸に並ぶ、というシンプルな内容となった。しかし、反響は予想外に良く、視聴者の声をうけて関連の番組が2本作られた。また、放送後5年たった今でも、テープを借りたいという連絡が絶えず、上映会、学校での回覧などの動きがある。

番組のことを誇る意味で記しているのではない。学校の、「ぶざまなところ」も含めた、ありのままの姿が、番組の巧拙というレベルを超えて、今の教育状況のなかで強いメッセージ性を持ち、支持された、という事実を考えないわけにはいかないのである。

四

ディレクターのしごとの辛さのなかに、撮影したけれども、放送には取り入れることができない、という宿命のような問題がある。いわば自業自得のようなものだが、膨大な撮影内容の中で、迷いながら結局放送には入らなかったシーンというのは、申し訳なさと悔しさの入り交じった気持ちでいつまでも忘れることができない。

この番組の場合、教師へのインタビューもたくさん収録したが、その中にとくに心残りだった二つのインタビューがあり、これを最終的に編集でカットしたことに、いまだに〝罪の意識〟がある。いずれも胸の中で、いい先生だなあと思った体験である。

その一つは、撮影時教職3年目に入っていた男性教師で、6年担任のTさんに対するインタビューである。撮影ではTさんの「田中正造」の授業をいくつか追っていた。田中正造の伝記が6年の国語の教科書にあって、三本木小学校の教師たちは2学期の後半、10時間ほどかけてこの大きな教材に取り組む。われわれはTさんのその最後の2回の授業を撮影した。

そのうちの1回は「正造の直訴は成功したか」というテーマで行われたが、Tさんは写真を張り合わせた実物大の直訴状を作り、子どもたちに読んで聞かせるところから授業を始めた。これは直訴の意図と、その後の世論の変化を子どもたちに気づかせたい、というねらいの授業だった。

翌日もう1回の授業が「谷中村に入った正造はどう変わったか」というテーマで行われた。公害によって被害を受けた村を政府が強制的に破壊する。破壊されたあと残留した農民の中に田中正造は入るが、ある経過を経て、政治家として指導する、という人間から、農民に学んで共に闘う人間に自分をつくりかえていく、正造晩年の重要な人間的変化を、子どもたちにとらえさせたい、というのが授業のねらいだった。

授業ははたから見ても決してうまくいっているとは見えなかった。教師がひたすら問いかけ、子どもたちの発言は次第に少なくなっていく。それに、どう考えても小学校6年生には高度すぎる、我々だってわからないではないか。とくに、2回目の授業では、いくつかの資料は提示されたが、最後の決定的な資料として、議員時代の正造の写真と対比して、谷中村入村以後の正造の写真が提示された。そして「これで谷中の人たちと同じになった正造がわかるか」とTさんは子どもたちに問いかけて授業を終わった。こうした授業の進行は、いかにも無理がある、だいたい写真で人間の変化を感じ取らせようというのは、無謀ではないか、とスタッフは内心思ったものだ。

ところがTさんの教室では、明らかに普段の授業とはちがう事件が起こっていた。スタッフは子どもたちの表情を捉えるために、教室の前に出てカメラを構えていたが、子どもたちの表情に驚くほどの集中が見られたのである。食いつくような眼で先生を見ている子、深く考えこんでいる子、必死に先生の動きを眼で追う子、ほとんど全員が声もたてずに先生の言葉を聞きもらすまいとしている。ノートをとっている子はほとんどいない。これが休み時間に先生とふざけていた子どもたちか、と思うような変化である。

この授業は、番組でも紹介したが、次のような感想文を生み出している。

四時間目、田中正造の授業が終わった時は、古い荷物がおろされ、新しい荷物をせおわされたような気がしました。今日見せられた写真は、外だけでなく心の中も変わったんだ、と思わせるような写真でした。

この二つの授業での「問い」は、田中正造を理解するうえで、根本的な問いであり、いささか無謀と見えたとしても、子どもだから少し易しくしよう、などという意識はTさんにはなかった。考えてみれば、高度ではあっても、子どもたちはそれまでに学んだ知識を動員すれば、挑戦できなくはない問題であり、また挑戦しがいのある問いでもある。それと、教師が全力で田中正造にぶつかっていたことが、子どもたちに感じとられたからこそ、常にない教室の集中が見られたのだろうと思う。

授業後、インタビューを試みた。

Tさんはまず、「授業はだめでした。苦しんで苦しんで授業したけれども、子どものほうは意外に素直にこちらの伝えたいことに気づいてくれた。子どものほうが深くとらえてくれた」と嬉しそうに言った。

彼は、新採用1年目、授業がうまくいかず、悩みに悩んだ。子どもへ声が届かない。子どもたちは授業に集中しない。新人教師にありがちなことだが、父母の一部からは担任を変えてほしい、という声も上がった。

「授業はほんとうにハリのムシロでした。次の授業をどうしたらよいか、というのが一番の悩みでしたね。授業していてもわかるんですよ。自分も辛いし、こんな授業がまんしている子どもたちも辛いだろうな、とわかりつつ授業する苦しさは堪らなかったですね」

自分の非力を思い知らされながら、目の前にいる子どもを叱ってばかりいたドロ沼のような2年間が過ぎ、3年目の初めに転機がやってくる。一つの感想文が決定的にTさんを励ますのである。

「国語の教科書にあった〝ノグチゲラの住む森〟を、教科書にない事実を調べて補ってやった授業で、決してうまくいったと思わなかったのに、子どもの感想が良かったのです。その感想文には〝教科書を読んだだけだと何のことかわからなかったことを、今日の授業ですごくよくわかった。説明文はあんまり好きじゃなかったけど好きになれそうな気がする〟と書いてあったんです」

教師になって初めて、自分の授業について肯定的な感想を手にしたTさんはどうしたか。

「教室で読んで嬉しくて嬉しくて、職員室へ帰ってもスキップしたいような気持ちでした。職員室へ行ってもまた読んで、それでもまた家に持って帰ってまた読むんですよ。ほんとに報われた気がしました」

Tさんは子どもたちに〝救われた〟のだった。感想文を手にしながら、とつとつと語る、この胸を開いたインタビューを、放送に取り入れることができなかった悔いは、私のなかにいつまでも残った。

五

ああいい先生だなあ、と思った取材経験からもう一つ。

三本木小学校のベテランの女性教師Hさんは、勤務校だけでなく、地域でも力のある先生として知られ、若い先生からも頼られる存在だった。

取材期間中、このHさんが、伊藤功一先生が代表の、「授業を考える会」で公開授業を引き受けた。この会は林竹二が提唱し、20年近く続いている研究会で、夏と春に十和田湖町で泊まりこみの大きな例会がある。Hさんはその夏の会で、大勢の参加者の前で授業をした。会場の関係で自分のクラスではなく、他校の5年生のクラスを借りての公開授業だった。

教科は国語、教材は宮川ひろ作『かげろう』、兄嫁に打ち解けられなかった少女が、野良でみた陽炎について兄嫁と会話するのがきっかけで、心を開いていく、というストーリーの作品である。Hさんは、緊張しながら授業を進めていったが、作中〝かげろうは土のこころが燃えているのよ〟

という表現を重視して、これはどういうことなの、と子どもたちに問いかけたあたりから、授業が傍からみていてもわかるほど、停滞し、進まなくなってしまう。子どもたちは必死に答えようとするが、しだいにどうしてよいかわからず沈黙してしまった。

授業後、検討会が行われ、どうしたらよかったか、参加者から助言も相次いだが、一方、Hさんの肺腑をえぐるような厳しい批判も出た。子どもたちは可哀相だ、どうやったって教師が作った枠から逃げられない、答えられないような問いでも必死に考えなくてはならない、そんなことやってたら本読むのがいやだとか、国語きらいだとか、そういう子どもにしてしまうんじゃないか……等々。

私たちは、この例会のようすを撮影していたが、カメラは、参加者の指摘を受けながらしだいにハンカチで目頭をおさえ、涙するHさんのすがたを捉えている。非常に厳しい場面だった。

長期取材中、撮影が若い教師に比重を移していったこともあって、Hさんのその後は充分フォローできなかったが、半年くらいしてからHさんの授業を撮り、インタビューもできた。

Hさんの話では、あの研究会のあと、学校へ来るのが怖くなり、授業していても胸が苦しくなって、子どもたちに、ちょっと先生休ませてね、と言って教室で横になったこともあった、と言う。そういうときの子どもたちはほんとうに優しかった。実際に病院にも行ったんですよ。と笑いながら話してくれた。大変な経験だったのである。

そう語った後の、つぶやきにも似たHさんの言葉を今も忘れることができない。

「でも、あそこで泣いたときは、ほんとに子どもたちに済まないなあ、と思ったことと、そんな授業でも皆さんが胸を痛めながら言ってくださることが、ありがたかった。

他の研究会だと、あんな授業でもほめるんですよ。

そのあと、校長先生に〝わからなくなりました〟って言ったんです。あのぼろぼろになったあと、わからなくなったって。そうしたら校長先生がこう言われたんです。

Hさん、これまでわからなくなったこと無かったでしょう。あんまりなんでもわかったでしょう。わからなくなることが、あなたには大事だったの、と言われたんです。

それすごく抽象的だけど、すごくわかったんです」

どんな職業でも、ベテランの域に達した人に、一度〝わからなくなる〟ことが必要だ、というアドバイスは重要だ。Hさんの場合は、本人にしかわからない恐ろしいリアリティを持って、この伊藤校長の言葉が腑に落ちたのだと、聞きながら感じた。

ベテランで力があるとされる教師が、だれの批判も浴びず、〝偉く〟なっていき、教室王国の支配者になる、そのことの危険性を伊藤校長はよく知っていたにちがいない。

Tさんにせよ Hさんにせよ、こうした先生たちと付き合い、声を聞いていると、子どもたちに救われながら、柔軟に自分を作りかえていける謙虚な教師像に触れる思いがする。

学校は一面残酷な場である。不登校の子が、再び学校に出るとき〝丸腰では行けない〟と語ったという話をどこかで聞いたことがある。たしかに、現在の学校や教師に対するさまざまな批判の多くは当たっていよう。しかし、その一方で、教師と子どもたちの関係のなかで、何かが回復され、癒されていく、そのような場としても当然可能性を豊かに持っているはずだ。そのことを確かめていけるのは、学校での取材の大きな喜びと言わなければならない。そうした取材を数多く経験できたことは実に幸せなことだった。

夢中歩行
―ディレクター日誌抄（1996年2月～4月）

2月1日

大阪市で開催の日教組教研集会の「いじめ・不登校」克服・特別分科会を傍聴する。昨年暮れからNHKスペシャル「いじめをなくすために」のプロジェクトに加えられて、若いスタッフの手伝いをしているので、その取材の一環。注目の分科会のせいか、報道陣が多い。

初日、中学3年の娘がいじめで自殺未遂した体験を持つ父親から訴えがあった。

娘さんはクラスのいじめを止めようとしていじめにあった。そのため登校拒否になり、学校に訴えたが取り組んでくれない。娘さんは薬を飲んで自殺を図ったが量が多すぎて吐き、命をとりとめた。父親は「もし飛び降りとか首を吊るとかいう確実な方法を選んでいたら、校長、担任、いじめた子どもたちを殺して私も死ぬつもりだった」と話す。

このほか、いじめにあった子や親が教師に訴えてもきちんととりあってくれない、けんか両成敗といった対応でかえって傷つけられた、という事例が次々に報告される。

いじめられている側にも問題がある、という見方は絶対に許されない、というのは当然の常識か、と思っていたが、とんでもない。現場では、いじめを訴える子はむしろ厄介な困った存在なのだ。いじめを問題にしようとすれば、学校からも教師からも地域からもバッシングされる、という事態はよく伝えられてきたが、その状況が変わっていない、というのが分科会に出ていての実感。

2月2日

引き続き特別分科会に出る。

冒頭、いじめに遭い登校拒否になった少女の発言。先生が中立的な立場をとって、きちんと対応してくれなかったことが、傷を深くした、という内容。

続いて、熊本で私服で登校して、隔離やいじめにあった少女と父親の訴えがあった。また、大阪住之江在住の父母が同じように、私服で登校したため、学校ぐるみのいじめにあっていることを涙ながらに訴えた。

総じて教師以外の参加者から、厳しい学校・教師批判があったが、そんなはずはない、という反論もなく、教師も含めた参加者に、ありうることだ、という暗黙の受け止め方があったように思う。これはまことに不幸なことと言わねばならない。

会場からの発言でもう一つ印象に残ったものがある。

1995年4月、奈良県で中2男子が自殺した。その小学校時代の担任の訴え。その生徒は他の子へのいじめを止めようとしたため逆にいじめにあう。正義感の強い子で、小学校時代の作文では、いじめに立ち向かう決意を述べていた、とかつての担任教師は声を詰まらせ報告。

休憩時間に少し話を聞いたが、マスコミの取材には拒否の姿勢が強い。マスコミが取り上げて、事態が良くなった例はない、と言う。

2月20日

「教師誕生」のリサーチで青森県弘前市の弘前大学へ向かう。「教師誕生」は長期取材の特集番組として企画が通過。新人教師の最初の1年を追跡取材するドキュメンタリーを企図したもの。14時に旧知のN教授、16時にM教授にアポがとれている。

9時45分羽田発のJAS便。青森空港天候が悪いときは三沢、あるいは羽田に引き返すことがある、とアナウンスあり。大体はなんとか着陸するので気にせず搭乗。

弘前大学のM教授とN教授に会う。青森県内で取材する可能性が高いので、その際なにか協力をお願いすることがあるかも知れない、と挨拶するのが主目的。

M先生に、弘前大学では、ということではなく、一般的に日本の教員養成大学で一番問題だと感じられていることは何ですか、といささかおおざっぱな質問をしてみた。先生即座に「教育現場を知らない教官が多いことです」と言われる。率直な人だ。教官採用が研究実績によって行われてきた長い歴史があるからだと言う。

N教授も「授業の見方がわからないので、現場からも呼ばれない人が教員養成大学の教官には多い」と手厳しい。

夕方、ＪＲで青森へ。雪激しく、列車遅れ気味。雪の青森駅は懐かしい。行き止まりの人気のないホームに雪が舞っている。やはり、青森駅は行き止まりでその先は連絡船でなければならない。

雪が深くすっかり暗くなった駅前広場に出て、感慨あり。この駅を出た瞬間の感じは仙台勤務時代、親しいものだった。駅前のグランドホテル泊。

深夜、最上階のラウンジに行く。１９８５年に放送教育全国大会の記念番組を担当したとき、収録が終わりほっとしてここで飲んだ。あれは今考えても大変な番組だった。準備に1年かかり、青森県内各地からの出演の学校五つ、それに保育所、幼稚園一つずつ。数百人がステージで学習発表し、ネブタも舞台に登場する大がかりなもので、アシスタントディレクターも十数人というスケールだった。よく私ごときがメインをやれたと思う。それ以来、青森県は親しいものになった。

ラウンジからは青森港が一望でき、その頃は灯をつけて停泊していた連絡船が見えた。あれから早いもので11年になる。今は不細工な橋が港を横切り、風情もなにもあったものではない。

2月21日

朝、ホテルで食事する気にならず、となりの早朝営業の大衆食堂へ行く。食欲があるわけではないが、やはり土地の匂いがする店に惹かれる。

小さな白子鍋、帆立ての山かけ、などで少し食べる。サラリーマンが同じようにタラコ定食、じゃっぱ汁定食などの朝食をとっている。

青森駅前の有名な市場は移転していた。雰囲気は残っているが、あの汚い、ごみごみした感じはなく、魅力の大半は失われた。

帰途、「教師誕生」取材のメインの候補A小学校へ寄る。

宮城教育大学の研究者二人が、教師たちと授業の共同研究を始めている学校。意欲的で感じのいい学校だ。教員養成大学の研究者が、現場の教師と継続的な授業研究を行う例は少なく貴重だ。この動きをベースに、この学校に来た新採用教師を軸にして、地域の新人教師の1年を描けないか、と考え、半年前から交渉、打ち合わせを続けてきた。

S校長はじめ研修担当の先生方は長期取材を歓迎、取材自体を授業研究、教師教育を活性化する契機にしたいと積極的である。

校長先生と撮影の実際について打ち合わせ。

校長さんは前日、教育委員会の学務課長に会い、了解をとり、その助言によって県教委出先機関の教育事務所にも行って、協力を頼んできたという。事務所も取材には協力してくれそう、という感触と言う。これでほぼいけそうな状態になった。校内のスタッフ待機場所、機材置場など打ち合わせる。

寒い日。雪が舞い、路面は凍結。冷える。前日、武満徹亡くなる。まだ60代。

2月22日

12時15分仙台着。すぐ宮城教育大学へ。武田忠教授の研究棟の方へ近づいて行ったら、窓から小野四平教授が手を振っている。キッチン付きの変な研究室があって、そこで武田先生が私と小野先生のためにうどんを作ってくれていた。温かい先生方だ。うどんは鶏肉、しめじ入りの本格的うどん。デザートはグレープフルーツ。

両先生は1991年に放送した長期取材ドキュメンタリー「若き教師たちへ」以来、ずっとお世話になり、教えてもらっている。「教師誕生」の取材先になるA小学校で教師たちと授業の研究をしているのは、この二人の先生方である。

実は「若き教師たちへ」の時も、取材先の十和田市三本木小学校では、このお二人が継続して学校へ入り、教材研究や授業の研究を行っていた。放送ではこうした重要な実践の流れをまったく紹介できず、申し訳ない思いをした。

幸い書籍でその全体像がとらえられる。最近出た評論社の『教師が変わるとき、授業が変わるとき』と、同じ出版社の写真集『ひかりはたもち』が、両先生と三本木小学校の実践を伝えてくれるのはありがたい。

教員養成大学の先生で、手弁当で現場に入り、教師たちと継続して長期に共同研究をし、教師を支援しているこれほどのスケールの例をほかには知らない。非常に貴重な活動であるが、これが稀だというのが日本の教育研究者の実情だ。

A小学校でのこれからの取材について打ち合わせ。いくつか助言もらう。夜、帰宅。

2月23日

Nスペプロジェクトで少し仕事。昨日、若いディレクターのDさんが取材したH市の中学校の話が話題になっている。この学校には優れた生活指導の実践があり、取材の打診に対して、教師、校長とも協力的だったのが、H市の教育委員会が取材を拒否した。その拒否の仕方が異様だった。最初Aさんが教育委員会に電話したところ、マスコミの取材は一切お断りと言われる。応対したのは学校教育課長というが、Dさんがその課長の名を聞いたところ、ガチャンと電話を切られた。以前テレビの取材で迷惑したから、というニュアンスだと言う。

Nプロデューサーが続いて電話。今度は〝まだ、テレビで取材してもらうような段階ではない〟という回答。Nプロデューサーが〝それはおたくがお決めになることですか〟と食い下がったが、その瞬間にまた電話を切られる。

国民の監視にさらされるべき行政機関が取材を断るのは、それなりに合理的な理由がなければならない。問答無用というのは驚いた。

かつての取材で迷惑したと言うなら、そのケースについて当事者間で独自の解決をはかるべきであって、そのほかの取材を一律に拒否するのは、国民の知る権利の不当な軽視と言わなければならない。

2月29日

再度、「教師誕生」取材予定先のA小学校へ向かう。

そこで驚くべきことを聞く。S校長が「たいへん申し訳ないが今回は取材をお断りしたい」と言う。愕然とする。

昨日、A小学校の属する自治体の教育長に校長が呼ばれ、取材はだめだと言われたというのである。

そんな馬鹿な、数日前の話では、校長は私が来る前にわざわざ教育委員会を訪ねて、学務課長の了解を得たと言い、課長の助言で県教育委員会の出先機関である教育事務所にも出掛けていって、支持してもらったと確言していたではないか。

まったく、スタッフの学校内の待機場所まで決めていたのに！

教育長は、たいへんな剣幕でその話は聞いていない、と言い、先生方に負担が掛かっていいのか、と迫ったと言う。奇怪な話で、取材によって新しい仕事が生ずることはないと、校長とは確認済みだった。それどころか校長は逆にこの取材を、校内の研修のありかたを前進させる刺激として考えたい、と積極的だったのである。

教育長の態度からは、単に聞いていなかった、という手続きの問題ではなく、とても取材を受け入れるのが許されない、という空気を感じ、校長もこれは駄目だと観念したのだと言う。私は早速翌日に教育委員会と接触すると、S校長に伝える。

しかし、考えてみると、学校取材で教育委員会との関係が問題になることをたびたび経験していながら、A小学校の場合だけ学校の判断を信じてその点を重視しなかったのは、こちらの重大なミスと言うべきだろう。

昨年の夏接触を始め、その後校内の研究会にも参加するという前段階を経たうえで、取材の内諾を得ていた。

その間、教育委員会が難しいのでその了解をとってほしい、などということは一言も言われていない。だいたい取材を受けるかどうか、校長の裁量で決めていいたぐいのことである。また、それくらいの自主的判断ができないような学校では、長期にわたる取材がうまくいかない。A小学校の対応はそういう感じだったので、疑いを持たなかった。

普通は学校の自主的判断をまず得てから、教育委員会などへの手続きをする。その矢先、正式に教育委員会へ挨拶する前にダメになるなど考えてもみなかった。なにより校長先生自身も予期せぬ成り行きなのだ。

3月1日

教委に電話。教育長に会いたいと伝えるが、現在議会開催中で、申し入れのことを伝える時間もない、と言う。

こちらも重大な局面だから、そこをなんとか夜でも、土日にご自宅ででも会っていただけないかと頼む。しばらくして打ち返しあり。教育長に伝えたが夜もいつ終わるかわからない、土日も議会対策の資料を持ち帰って仕事するので会えない、という返事。要するに会いたくないということである。

その後、学務課長に連絡とれる。事態に驚いている、と言うと、「私はいいと言った覚えはない、教育長に伝えると言っただけだ。教育長と校長が話し合ったうえで、校長が取材を受けないという決定をしたと聞いている。その話し合いの内容は知らない。あくまで校長の判断することで、教委が『だめだ』と指示することはあり得ない」と言う。

この電話の内容を傍にいたS校長に伝えると、信じられないと愕然としている。

この日の夜、校長は再度教育委員会に呼ばれた。取材を断ったのに、番組担当者が引き下がらず粘っていることで、校長の責任を追及するためだったようだ。

その結果を夜遅く聞く。その際、校長は「やはり取材を受けたい」と改めて言ったが、「先に断ると決めたではないか。長と名のつくものがそんなぐらぐらしたことでいいのか」とかなり厳しく言われたと言う。

最初に圧力を加え、やむなく断らせておいて、今度は一旦断ったことを理由に今の態度を追及する、というやりかただ。しかも、外部にたいしてはあくまで校長の判断だということにしている。

職業的なカンでは、早くもこれは駄目だとの感じがある。展開が劇的すぎる。通常の取材拒否とはちがう、なにか特別の陰の力が働いているような気配だ。

通常、取材を断るとしても、少なくとも担当者に会って趣旨だけは聞くであろう。担当者が説明に行く前に学校に拒否を指示するというのはあまり聞いたことがない。それも否定的現象の取材ではなく、学校の実践をプラス評価するような番組で、である。

もうあれこれ動かないことにする。早く転進したほうがよい。このような学校と教委の関係のある地域では長期取材はどだい無理である。またこれ以上強引に動けば学校に不利益となるだろう。

長期取材撮影開始の1か月前に、取材先が白紙になった。

ホテルの部屋へ戻り、これまでの付き合いの中から考えられる地域、学校をリストアップし、情報を集め始める。

23時まで、あれこれ電話連絡。長い一日だった。夕食を摂っていないことに気付き。ホテル前の大衆割烹へ行く。人気のない地方都市の夜はことのほか寒い。雪がちらついている。

3月2日

翌日、1時過ぎ十和田湖町蔦温泉へ、青森の先生方の授業研究サークル「授業を考える会」春の会に参加するため。さすが山中はまだ雪が深い。

「授業を考える会」は、十和田市在住の伊藤功一先生が主宰する研究会で、年2回、一泊二日の大きな研究会がある。

伊藤先生は、20年ほど前、校長をしていた小学校に哲学者林竹二を招き、現場で授業改革に取り組んだことで知られる教育者。私が企画、担当した長期取材ドキュメンタリー「若き教師たちへ～三本木小学校伊藤校長最後の一年～」の主人公である。それ以来、教育実践について考える際、教えを請うてきた。

研究会メンバーには1990年にこの番組の取材で世話になった先生方が多く、懐かしい顔に会える。

今回の長期取材については、協力校、地域ともまったく白紙に戻ってしまった。今となってはどこで取材を始めてもいいようなものだが、青森には伊藤先生はじめ頼りになる先生方がいるので、相談に乗ってもらい、できれば同じ青森で新しい取材先を探したい。

会場で伊藤先生に会うなり、「よい報せがあります」と言われる。取材できそうな地域があるとのこと。相談したい旨、事前に伊藤先生に伝えておいたところ、独自に情報を集めてくださったのだ。

津軽の浪岡町の教育長さんが伊藤先生と知り合いで、取材を受け入れてもいい、と言っておられる由。「授業を考える会」の日程が終わってから、伊藤先生と一緒に訪ねる段取りになった。私が青森出張中に次の候補地が現れたのはありがたい。

授業を考える会、相変わらず楽しい。激論あり、笑いありで過ぎる。実践報告、講演などなかなか充実。

3月4日

伊藤先生と一緒に浪岡町へ向かう。

青森県南津軽郡浪岡町は、青森と弘前のちょうど中間に位置し、津軽平野にあって、リンゴと水田の農業をバックに成り立っている。人口およそ2万。中世北畠一族の居城があったところで、縄文から中世までの遺跡の上に町がある、と言ってもよいほどの古い町。

11時半、町教委着。風格のある老教育長、蝦名(えびな)俊吉先生に会う。初対面で驚嘆。浪岡町には失礼な言い方だと承知しているが、どうしてこのような小さな町に、このような全国級の大きな人物がいるのか、と一瞬思ってしまった。飾り気のない人なつっこさが最初の印象だが、すぐに、見識に裏打ちされた度量の大きさを感じる。官僚的なところは微塵もない。

取材の中で、官民を問わずさまざまなポストの人物に会うが、いつもその「ポスト」に意味があるのではなくそのポストにどんな人物が座っているかが決定的だと感じてきた。今回の取材でもそのことを痛感。

現在の教育で教師、とりわけ若い教師が現場で育つことの切実さを説かれ、当地で取材が始まれば、協力を惜しまない、と番組の企画に理解を示される。

教育長から、昨年の採用試験に合格して4月に採用内定中の先生のことを聞く。

ふつうマスコミに公表されるまでは、採用予定者の情報はわからないのが原則である。ただ、試験合格、採用見込みというのは秘密でもなんでもなく、まわりはみな知っている。配属先は報道解禁までは不明で、その段階での交渉になる。

候補のY先生は、現在浪岡町の小学校で臨時講師をしており、町に配属される可能性大という。最近は教員採用が減って、試験が狭き門になり、資格はあってもなかなか正式採用にならない。Y先生のように、大学卒業後臨時講師をしながら試験に挑戦してきたという人が増えている。自然の美しさも含め、津軽で撮影を開始するのは、条件としては申し分ないが、新採用のご本人がどういう人か、取材を承知してくれるかどうか、という大きな関門がある。交渉は後日とし、教育長に感謝しつつ辞去。

4月初めに、この地域を管轄する教育事務所で、新採用教師の辞令交付式がある。今年はこの事務所管内で三十数人というが、浪岡町の取材を軸にしつつ、津軽平野に就職した教師全体を視野に入れた取材展開ができるかもしれない。したがって、辞令交付式の撮影は不可欠だ。教育事務所への交渉を急がねばならない。

伊藤先生と三沢に戻り、最終便で帰京。22時、局着。

3月5日

疲れ果て、休む。

3月6日

夕方、浪岡町蝦名教育長に電話、さきに紹介してもらったY先生に、内々お会いしたい旨相談。明日すぐ連絡する、との答え。ありがたい。

3月7日

蝦名教育長からファックス。交渉予定の先生に私のことを紹介済みとのこと。実に俊敏な動きだ。

夜、Y先生自宅に電話。一度お会いしたい、と交渉。日時の約束とる。さすがに意図わからず不安そうな声だ。

3月9日

6時、起床。7時半、家を出て羽田へ。睡眠不足のせいか午前中、吐き気がする。

今回は予定通り青森空港着。

弘前駅前のシティ弘前ホテル1階ティーラウンジで午後2時に待ち合わせの予定。これから会う先生が、1年の取材に応じてくれるかどうか不安を持っていたので、わずかな期待もあるが、場合によっては断られるかもしれないという暗い、滅入るような気分で待つ。

ただ、新採用教師ひとりだけを追うことにはならないので、その点すこし緊張をほぐしてもらう必要がある。

2時少し前に中年女性がおずおずと近づいてきて「戸崎さんですか」と聞く。驚いていると、Yの母です、とその女性が告げ、娘が昨日、急性盲腸炎で入院した、待ち合わせを心配して、直接謝りに行ってほしいと頼まれたと言う。マスコミの人間に会うどころの話ではなく、かえって恐縮。

何度も謝ってお母さんが立ち去ろうとするのを引き止め、娘さんのことを少し聞く。するとすぐに、入院といっても元気で個室にいるだけだからこれから車でお連れしたいが、と言われる。二度驚いて、じゃあ、娘さんに予告しておいてください、と頼むが、いやいきなりでも構いません、と病院まで同道。不思議な成り行きになった。

途中、弘前市郊外を流れる浅瀬石川を渡る。橋から川面にたくさんの白鳥が見えた。もうそろそろ北へ帰る季節だ。

浪岡町立病院でY先生に初対面。さすがに慌てた気配である。一拍遅れて病室に入る。お母さんは席を外される。

会って正直ほっとした。小柄な女性で眼が優しい。話してみていい先生だなあ、という感じがある。声楽が専攻で、長い臨時講師の期間、先生になるのを断念しようと思ったことは一回もない。採用試験を落ち続けたのは、現場へ入ってしまうと試験準備などほとんどできないような状態だったかららしい。お母さんもY先生は帰宅すると疲れ果てて、ばたんと寝てしまう毎日だった、と言っていた。こんなきつい仕事を辞めさせたかったが、Y先生はどうしても諦めなかったと言う。子どもたちが成長していくのに立ち会うことの素晴らしさを感じていたから、と彼女は言う。

授業はまだまだ駄目で、やることがいっぱいある、正式採用になったのを契機に頑張りたいと言う。講師期間が長いので、正式採用されても実際にはあまり変わらないでしょうと言うと、臨時講師は何か問題が起こったとき親からの信頼がない、やはり正式採用と臨時講師とは決定的に違うと感じると言う。

今年度は、臨時講師としてほんとうにこまぎれの勤務が続いた。流産になりそうな先生が次々に3人もあり、胃を壊した男の先生一人、と4つのクラスを臨時に受け持ったと言う。二つの小学校で1年に3人も流産の危険に直面する教師がいたのか、とちょっと驚いた。

傑出した教師を主人公にする番組ではないが、やはりキャラクターとしては一生懸命で誠実な人であることは必要だ。その点では申し分ないと思った。

ただ、悩むところは、講師とはいえ、正規に採用された教師と同じく2年間もクラスを担任した経験を持っている点だ。

当初のねらいにあるような、教師初体験のドラマ、という色彩は薄れよう。難しいところだ。浪岡町の教育長さんが大人物なので、この先生に出演をお願いしたうえで、更に周辺の地域で新人のエピソードを加えていくことはできないだろうかと、虫のいいことを考える。

とにかくY先生に、お願いしたら引き受けてもらえるか、と交渉。教師のしごとへの理解を深めてもらえるなら、とほぼ承諾の返事をもらう。

病室なので、長時間にならないように切り上げる。会えたのは幸運だった。出演候補者に会うまではディレクターは宙吊り状態である。それが本日やっと地上に足がついた感じ。ただ足を降ろした所から本当に歩き始められるかどうかはこれからだ。

3月10日

スケジュールの都合で、この日はどうしても予定が入らない。弘前市で一日休日というのは悪くないが、空は暗く雪降り。風もあって時折、道路の雪を巻き上げていく

外へ出る気にならず、昼食以外はホテル内でワープロの作業。

夜に読む本をホテル前の本屋で探す。岩波文庫『古典の言葉』買う。古典からの箴言、警句集である。こういう手っとり早いものを買うのは、原典を読む力が衰えた老化現象のひとつか。しかし、さすがに面白い。あっというまに読んでしまった。

なかに「教師誕生」の番組の主題にかかわる文章を見つけた。

ルソー『エミール』から。〝人間は二度生まれる。最初は存在するために。二度目は生きるために〟

番組のエピグラフとして使うか？

3月11日

午前中、弘前市内にある県教育庁の出先事務所、中南教育事務所（弘前市、黒石市、中津軽郡、南津軽郡を管轄）を訪問。所長、教育課長に会う。趣旨を説明、この管内で取材開始する公算が強いので、4月1日の辞令交付式をはじめ、事務所が主催する初任者研修のイベントを撮影させてほしい、と申し入れる。好意的に対応してもらえたが、本庁のほうの了解をとってほしい、と言われる。翌日、青森市にある県教育庁へ行くことにする。

黒石まで弘南鉄道のローカル線で行く。まだ一面の雪景色。

昼頃、黒石のホテルに荷物を置き、浪岡町へ向かう。

蝦名教育長に再会。Y先生について話す。教育長も会ったときこれは大丈夫だ、と思った、なにより眼が優しい、先生は眼を見ればわかります、と言われる。同じような印象を持ったことになる。ただ、新採用の新鮮さ、という点ではイメージとは違う、という悩みを率直に申し上げる。町内の中学校に新採用の先生が配属されたら、その中から出演者をお願いする、ということはどうか、と申し上げる。

教育長は中学校へ話してみます、と言ってくれる。ただ、卒業式、高校入試、とここ数日繁忙なので、一段落してから校長に聞く、とのこと。この件は現在のところは未確定。

黒石市、雪の中で例えようもなく淋しい町と映る。見る側の心理の反映か。

3月14日

Nスペプロジェクトに顔を出す。

夜9時からジャーナリストの斎藤茂男氏来局して打ち合わせ。以前お会いしているので、玄関に迎えに出る。

氏のショートコメントを組み込むにあたって、番組全体について説明するという機会。スタジオで出演されるのではないから、斎藤さんのコメント内容だけについての打ち合わせであれば簡単に終わるだろうと思っていた。ところが斎藤さんいかにも楽しそうに、番組構成案の始めから、個々のシークエンスについて、根ほり葉ほりスタッフに聞き始める。どういうことを言いましょうかねえ、と考え考え話を進め12時を過ぎ、深夜1時を過ぎても終わらない。斎藤さんの凄さを実感。必要なところだけ打ち合わせ、などというのではない。ショートインタビュー出演の依頼で、このような状況が生まれるのにスタッフ一同感動。結局、2時になる。深夜の玄関へ氏を送り、部屋に帰って皆感嘆しきり。

3月15日

出張の行き帰りに読む文庫本を仕入れる。

局へ出る途中、旭屋書店でドストエフスキー『貧しき人びと』『地下室の手記』『罪と罰』など新潮文庫を買う。家にあるハードカバーの世界文学全集版は重くて持ち歩くには不便だ。突然、ドストエフスキーを読みたくなったのはなぜか、理由は全くわからない。若いうちに読むべき作家で、何度も手にとったが、息苦しいような饒舌に満ちた文体に辟易して、敬して遠ざけていた。老年期にさしかかった自分に、ドストエフスキーが何をもたらしてくれるか、実験したくなった。処女作『貧しき人びと』読み始める。

3月21日

9時45分、羽田発で青森へ。新年度の教員人事が公式に発表になったので、そのリストを入手し、交渉を進めるため。

天気は安定して暖かい。機内で『貧しき人びと』読み続ける。

Y先生は予想通り浪岡町の小学校に配属が決まった。

そのB小学校に行く。校長先生にあいさつ。

H校長若く、まだ50歳前とか。青年のような風貌。

取材を校内の研修の活性化に役立てたい、と取材を快諾される。

校長先生に教員の研修の方針を聞き、納得。この学校では、統一した研修課題を作らず、教師個々が自分の課題を設定して進めることにした、と言う。

なんでもないことのようだが、教師個々が自分の目標を立て、自己研修を進めるというあり方は、現在の学校では革新的な方向で、実は珍しいのである。

普通は統一的なテーマで〝学校全体で〟研修が行われて、誰も読まないような立派な報告書ができて終わり、ということになる。その統一的テーマには、子どもにこんな劣ったところがあるから、こういう実践をして、子どもを変えよう、という調子のものが多い。

これに対し個々人方式では、あくまで教師一人ひとりの授業の質の向上が目標になる。意識されなければならないのは教師の専門性の弱さであり、その向上に研修の力点を置く、ということになる。

この研修のタイプの違いは、教育関係者以外にはわかりにくいのだが、現在の学校状況のなかでは重要な分岐点である。H校長、一見もの柔らかな印象だが、取材を平然と受け入れることも含め、革新的で大胆不敵なところがある。Y先生、いい学校へ配属となった。

『貧しき人びと』読み終わる。猛烈に饒舌な文体をくぐり抜けると、驚くほど明瞭な、まるで実在しているかのような人物の形象に出会うことになる。続いて、『地下室の手記』読み始める。

3月22日

朝から雨。しかもかなり激しく降っている。浪岡町へ向かう。浪岡の中学校には、新人の先生三人が配属となった。

中学校でN校長にあいさつ。すでにいろいろ交渉の上三人の新採用の先生のうち、K先生を紹介してもらうことになっている。

Kさん、実に感じのいい好青年。体格大きくスポーツマンタイプである。眼が赤ん坊のような青年だ。実家は木造町で農業をしている。

祖父は小学校教師だった。楽器の演奏から絵をかくことから何でもできる人で、小さいときから尊敬し、自分も教師になろうと決めていた。彼にとって、祖父は理想の人物で、その人物が教師であったのが決定的だった。

K先生、大学に入るのに2年浪人し、教員に正式採用されるのに2年かかっている。しかし、教師になろう、という意志は一度も揺らいだことはなかった。

取材については、先に校長先生から趣旨が伝わっていて、OKをもらう。校長先生も大校長の風格。撮影に全面協力と言ってくださる。教頭、教務主任の先生方にもあいさつ。大規模校で、中学校だからいろんな問題が日常的に起こっているはずだが、ここでも官僚的で規制めいたことは一言も言われない。校長はじめ指導的な先生方に、おおらかで豪胆な雰囲気があるのが印象的だ。

Kさん、臨時講師生活2年で、最初の1年は弘前の中学校で1年間完全に担任を持って教師生活をしている、というのがやはり気になる。全くの新人ではない。しかし、K先生が候補としてあがってきたことで、番組がかなり補強されたと感じる。

帰るため中学校で呼んでくれたタクシーに乗ったら、運転手の中年男性がいきなり「取材ですか」と言うのでぎょっとする。たしか、中学校ではNHKの人が乗るなんて一言も言わずに呼んでいたはずだ。どうしてわかるかと聞くと、「カンでわかるよ。何十年もやっているんだから、とくに先生はすぐわかるよ」とのこと。

恥ずかしい。私もまだまだ未熟である。マスコミの人間だと外見だけで見抜かれるとは。この歳になってまだ修行が足りない。なんの職業かわからないように、目立たずに、構えを見せないでその場にいなければ、取材者として本物ではないのだ。

夕方、弘前のホテルへ帰る。夜、Y先生宅に電話。会う約束もらう。撮影開始まであと10日もない。

3月24日

早暁4時頃目覚めて、それから眠れない。ここ数年時々あることだ。うつ病の症状のひとつに早朝覚醒があるのを思い出したが、単純な老化現象でもあろう。

眠れなかったのは恐らく番組のことが気掛かりで、眠りが浅かったのかも知れない。

これまでの経験では、難しい取材や収録の本番に入るとき、事前にできるだけ準備はするが、それでもどうなるかわからない、ということがどうしても残る。そういうとき、深刻に悩んだり心配したりせず、自分をその状況の中に放り出せば、まあそれなりに知力、体力が反応して仕事が進んでいくだろう、ということで、その状況へ突入することが通常だった。

私の場合、不思議なもので、その結果として大破綻は経験したことがない。ディレクターなら誰でもこのあたりの機微はわかるはずである。

要するに、ある時点で開き直ってアバウトに進む、ということだ。こういう密かなアバウトさ、いい加減さがなければこの仕事は緊張が強くて到底続けられるものではない。

しかし、その前提として、自分を投げ出して泳がせることのできる状況ができているという条件がなければならない。番組「教師誕生」で気になるのは、まだそういうところまで行っていないという感じがあるところだ。これは説明不能の感覚的なものだが、長年の経験から言えば、この〝感じ〟は恐ろしく正確である。

早朝覚醒の原因は大方そのあたりにあるのだ、とひとり納得。さてどうしようかと、まだ夜明け前の暗いベッドの上で考える。

まだ、という感じの理由は、新採用教師の1年という枠組みでありながら、卒業したての新採用の出演者がいない、というところにあるのは明白である。1年かけて取材し、2本番組をつくる、というスケールの番組で、それで良いか、ということだ。

浪岡町で紹介してもらった二人の先生は個性的だし、主役で出来ると思うが、このスケールであれば、同じくあと一人か二人、絶対に新卒の人を加えるべきである。

10時、弘前駅前の喫茶店でY先生に再会。

入院中の印象とはさすがに違う。なかなか魅力的な先生。苦労しているせいか、やはり落ちつきがある。ただ取材について、何回聞いてもはっきりやりましょう、という返事がない。だからといって取材拒否でもない、という状態。撮影は開始できるとは思うが、一抹のひっかかりがある。Y先生も判断がつかないのであろう。無理もないことだ。

3月25日

局で関係スタッフと打ち合わせ。電話取材など。

『地下室の手記』読み終わる。処女作の『貧しき人びと』から20年近くたってからの作品で、同じ貧しい官吏を主人公にしているが、一見全く印象が違う。しかし、追求されているのは同じテーマだ。不健康な、醜い、不道徳な行為が延々と描かれるが、その中に、偽善にたいする驚くほど説得力のある告発があり、主人公の醜行のうちに人間のもっとも純なものが美しく輝き、伝わってくる。『罪と罰』読みはじめる。

中南教育事務所の管内、小学校教員の新採用で、弘前大学今年卒業の人は一人しかいないことが判明。少し驚く。弘前市内の名門、C小学校へ行くHさん。

すぐC小学校へ電話。校長先生に趣旨を伝える。Hさん27日に来校、打ち合わせとのこと、そのときにあわせて参上することにする。訪問までに届くように番組趣旨、挨拶の手紙急いで発送。校長もまだHさんには会っていない、ということで、こちらの話を聞いてもらえるかどうか。相手方には突然降ってわいたような話で、校長先生もなにかピンとこないような感じがある。とにかく会いにいくほかない。

参院岐阜補選の結果、自民、社民など与党の候補が圧倒的勝利。

TBSがオウムに坂本弁護士のビデオを観せた件。TBSがこれまでの態度を変え、事実を認めた。観せたプロデューサーを懲戒解雇と発表。

本人の了解なしに、〝敵〟側に取材テープを観せたこと、さらにオウムの圧力に屈して放送を中止したこと、坂本弁護士失踪がわかってからもその事実を隠し続けたこと、など、考えられないようなモラルの欠如である。

しかし、これは今からみて言えることで、当時のオウムと民放ワイドショーの関係のなかで、似たようなことはない、と言いきれる局がどれだけあるだろうか。現在のジャーナリズム性を欠いたテレビ局と、その働き手のサラリーマン化、そして、幾層にもなる番組の下請け体制、という状況を考えれば、どの局でもあり得たことだ、というのが最も重要な教訓でなければならない。

3月26日

最終便で青森へ。何となく気分悪く食欲なし。朝、血圧計ったら160—110とかなり高い。20時少し前、青森空港着。シティ弘前ホテル、21時。

3月27日

弘前C小学校、午後のほうが都合良いとのこと。午前中ホテルで時間つぶす。気分は直っていて食欲も出てきた。携帯用の血圧計で計った血圧も正常値。

午後1時半C小学校へ。丁度、新採用の先生に説明が行われていた。早速紹介される。Hさん、感じの良い真面目なお嬢さんという感じ。即座に出演交渉したい気持ちになる。

この日、校長も教頭も初めてHさんに対面。その緊張した場に、ほとんど同時に番組の話を持ち込んだわけだ。T校長が意外に大人物かもしれないと思ったのは、まず、学校と新人の先生の関係がきちんと出来たうえで別の日に、というのが普通には考えられよう。それを同時にやってしまう、というのはなかなかのことだ。

さすがにHさん、戸惑いがある。教頭先生、これは引き受けるべきだと思いますよ、絶対勉強になるから、と勧めてくれる。校長先生も同じ。学校側、新採用教員、ＮＨＫ、と三者がそれぞれ初対面で、こんなに話が早く進むのも珍しいか？

Hさん、Y先生と同じ音楽専攻。1年生を担任することがすでに決まっている。いきなりの話なので、すぐ返事は無理ということを配慮して、一応、新学期の開始の状況を撮影させてもらい、長期にわたる取材についての返事はあとに譲る、ということにする。普通はこんな交渉はありえないのだが、撮影が切迫しているのでやむをえない。

Hさんの交渉の中で、取材を引き受ければ自分にとってもためになる、という教頭先生の口添えはありがたかった。しかし、同じような文脈で、私が、新人時代の貴重な記録にもなるのでは、というニュアンスの発言を、ちらっとだがしてしまったことを激しく後悔。これは重大な偽善的発言である。

出演を説得するために、苦し紛れに「出演することがプラスになる」というたぐいのことを、取材側が言ったり、匂わせたりすることは、偽善以外のなにものでもない。

たしかに、社会的に意義のあるメッセージを提起したい、という意図で番組を企画するわけだが、心中ひそかに、うまい番組を作って自分が属する組織内で小さな名声を得たい、という利己心が全くない、と言い切れるかどうか。そういうケチな意識がありながら、番組を、人のため、社会のためだというのが偽善なのだ。

『罪と罰』読み進む。

邪悪、偽善、ニヒリズム、愚かさ、そして、信じられないような高潔さ、無垢、といった、広大な幅で人間が描かれる。とりわけ偽善者の造形でドストエフスキーの筆は容赦のないものだ。主人公ラスコーリニコフの貧しい妹の婚約者になるルージンは、自分が婚約によって貧しい娘を救う善行をしている、と考え、そのことを評価してもらいたい、と主張する俗物である。この見事な偽善者の描写を読むと、その描写の中に、自分のことを言われているように感じるところが少なくない。

3月29日

疲れ果て休む。出張準備をのろのろやる。心が弾まない。取材が負担に感じられるのは、やはり気力、体力に衰えがあるとしか言いようがない。

3月31日

本日からロケ開始。撮影Tカメラマン、音声Kさんと出発。Kさんはベテランで旧知の間柄。Tさんとは初めて一緒に仕事をする。

朝7時半に放送センター集合。9時45分の便で青森へ向かう。予約しておいたジャンボタクシーで浪岡町を回る。弘前のホテルについてから昼食。

夜、打ち合わせ。体調やや戻る。

4月1日

弘前市で新採用教員の辞令交付式撮影。まあまあ初々しいところが撮れたと思う。16時半終了。

4月の弘前市は寒く、朝は密度濃く雪が舞っている。

4月2日

7時半ホテル発、C小学校へ。

入学式撮影。天気は悪くないがひどく寒い。父母に連れられて新入生がやってくるところから撮りはじめる。

入学式やはり微笑ましく、子どもたちは可愛らしい。

H先生初々しく、いい感じ。

Tカメラマンの撮り方をみていて感心した。カメラマンとしては当然のことだが、独自の設計に基づいて、丁寧に計算しながら動いている。しかも、カメラマンがいいな、と感じた場面をすかさずシュートして、それがディレクターが想定した範囲をはるかに上回っている。早くもカメラマンの感受性が主導するロケになっているのは嬉しい。

これは決定的に重要で、テレビドキュメンタリーはカメラマンが作品化するというのでなければ成立しない。若手の優秀なカメラマンと聞いていたが、若いながらクルー全体をリードできるタイプのカメラマンであることが次第にわかってくる。こういう言い方はTさんには失礼ではあるが。

4月3日

7時ホテル発。浪岡B小学校へ向かう。

小学校へ着いたら、校舎の上を白鳥が飛んでいる。周りの水田に相当の数の群れがきて羽を休めているのだ。登校風景から撮影開始。かなり寒い。校庭の雪はかなり融けたが、なお残っている。

8時15分、始業、新任式開始。直後の学級開きまでY先生を追う。Y先生さすがに講師経験あって、はねっかえるような勢いのクラスをうまく落ちつかせている。

18時前ホテル帰着。三脚をもって学校内を歩きまわる一日。疲労激し。

ホテルで部屋に帰ったら、すぐ音声K氏から電話。百武彗星が見えるから来ないか、と言う。行くと部屋の電気を消してTカメラマンも来ている。K氏もTカメラマンも実は天文愛好家。地上の目標物から彗星の位置を教えてもらい、K氏持参の高性能双眼鏡で見る。北西の空にあって、肉眼ではぼんやりした小さな星のひとつとしか見えないが、双眼鏡では微かに上向きの尾が見える。クルーの三人が真っ暗な部屋で、空の星を見ている不思議な夜。

番組の取材は順調に開始されたが、今後どう展開するか全くわからない。なにか特色のある実践を追う、という取材ではないので、はたして番組になるのかどうかもわからない、というのが実際のところだ。

ただ、これまでの経験で、取材者が謙虚に丁寧に見つめていけば、必ずなにか視聴者の胸を打つものに出会うという確信はある。これまで出演を承知してくれた先生方が、みな感じよく誠実な若い教師であることも救いである。

もちろんこういうディレクターの心理の働き方には、なにか不純なものがある、とは自覚している。懸命に生きている青年教師たちを、番組の効果という、本人には関係のない基準で計ることの不遜は罪が深いであろう。

4月12日

久しぶりにNスペ「いじめ」プロジェクトに顔を出した。最終段階に入っている。メインの若手ディレクターたちは不眠不休の頑張りだ。インタビューの再編集作業を手伝って、翌日明け方に至る。朝7時、帰宅。風呂へ入って寝る。疲れてはいるが、倒れるほどではない。

『罪と罰』読了。エピローグに至り、少し泣かされる。

テレビ・映像表現に関する覚書

――「事実」「再現」「状況設定」などをめぐって

テレビ局在職中から現在まで、自分が担当した番組を素材にして、集会や教室などで話をする機会が少なからずありました。そうした折りに、事実を記録するジャンルの番組について、実は放送が事実ありのままを伝えるのではなく、さまざまな主観的操作が加わっているのだということを、実例をもとに明らかにしたり、告白したりしたことがあります。

いわゆる〝業界〟で仕事をしている人びとには、これは自明のことですが、意外なことに、視聴者にとっては必ずしもそうではないようです。「言われてみればそうか、とはっとした」「そんなこと考えてもみなかった」といった反響がけっこう多いのです。

事実を記録するジャンルの番組の内容が（ふつうこれはテレビドキュメンタリーといわれる番組群ですが）事実ありのままであり、現実をそのまま反映しているのだ、という暗黙の受け止め方がなお広く存在しているのに接して、驚くことがありました。

テレビはどうも信用できないところがある、という気分もありながら、その一方で、日常的には無意識のうちにドキュメンタリー番組を事実の正確な反映、として受け入れている、この不思議な落差のようなものは、ずっと以前から気になっていましたので、本稿では一般視聴者の方々を読者に想定しながら、テレビの、とくにドキュメンタリーといわれるジャンルの番組について、その制作過程の特徴や〝生理〟といえるものをできるだけ明らかにしたいと思います。

また、そのような制作過程の特徴について自分はどう考え、仕事をしてきたかを、終わりのほうで付記しておくことにします。

なおここでは「ドキュメンタリーとはなにか」「ドキュメンタリーはどうあるべきか」などという大層な議論をするつもりはありません。私などはその任ではないし、だいたいドキュメンタリーとドキュメンタリーでないものとの境界はきわめて曖昧です。それに〝ドキュメンタリーとは〟と振りかざして議論するディレクターはたいしたことはないのです。ドキュメンタリストは実作があれば充分で、あらゆるドキュメンタリーに関する議論は実際の映像作品のインパクトを超えることはないのですから。

それはともかく、本論に入る前に、最初に次のような事例を考えてみます。それはこんな例です。

ある家族の四季を記録するテレビドキュメンタリーがあったとします。この家族の父親は仕事で半年とか数か月不在になるのですが、久しぶりに家に帰ると家族は当然のことながら喜び、一家団欒のシーンが生まれる、そういう家族のストーリーです。

ある日、この家族の男の子が外で遊んでいました。ディレクターはその男の子に、家まで競争しようと誘います。こういうのは男の子は大好きですから、一生懸命猛烈なスピードで家まで走り出しました。

ところがディレクターは途中でさっと姿を消してしまい、そんなことは露知らず懸命に走る男の子の姿をスタンバイしていたカメラがしっかりと撮影します。

完成した作品では、父親が久しぶりに帰ってきたシーンに続いて、男の子が必死のスピードで走る映像がつなげられていて、「お父さんが久しぶりに帰ったことが知らされると○○ちゃんはいつも走って家にとびこんできます」というナレーションが付けられていました。

その後は家の中でお父さんの膝の上で嬉しそうにしている男の子の映像が置かれ、完成です。

これは実際にあった話、というよりは撮影でひょっとしてあり得るケースとして私が想定してみたものです。

つまり、男の子はいつもお父さんの帰宅のとき、大喜びで走って家へ飛び込んでくる、ということがすでに知られていたのだけれども、撮影のスケジュールその他の理由で撮れなかった、しかし、構成上どうしてもその映像が欲しい、ということになった場合、手練れのディレクターならこれくらいの手段を考えないとも限りません。

問題がやっかいなのは、男の子が走った目的はまったく違いますが、そのように編集されると、事情を知らない視聴者は、そこにその家族のありようを感じてしまうのです。走るシーンが置かれることによって、お父さんが帰った日の男の子の弾んだ心や喜びがみごとに表現され、その家族のいわば〝真実〟が伝わる可能性があるということです。

したがって、男の子が走るシーンは、走る目的が違うという意味ではウソですが、その映像を含む一連の映像から生じたメッセージは真実だということになります。

しかし、この例を聞いた人はほとんど全員「それはないんじゃないか。それはひどい、詐欺同然だ」と言うのではないでしょうか。

想定した例は極端ですが、程度の差はあれ質的に近いことが、テレビ映像の世界では膨大な量と頻度で行われていることを知っていただきたいと思います。

許される「再現」とは

さて、この「走る男の子」の例は、市民の日常感覚からみてウソを含んでいますから、許されないという考え方が大半でしょう。しかし、ことはそんなに簡単ではありません。

テレビドキュメンタリーの分野では、条件によってはさまざまな「再現」の手法が許されている、とされています。この例も、使い方によっては「再現」として許容されるという立場も成立します。

「そんなはずはない」と思われるかもしれませんが、では次のようなケースはどうでしょうか。

NHKが放送している「プロジェクトX」という番組があります。過去のビッグプロジェクトを素材に、かかわった人びとの人間的なドラマを描くのがねらいの番組です。

妻はこの番組のファンでよく観ています。最近感動したと言って視聴するよう勧めてくれたのは、ある天才心臓外科医が登場した放送で、私は再放送の時に視聴しました。主人公の外科医は心筋拡張症の画期的な手術にわが国で初めて挑戦し、1例目は患者の死亡という結果になりますが、2例目で初めて成功します。医師の謙虚で懸命な姿勢と、2例目で手術を受けた寿司屋の奥さんとその夫の夫婦愛、命を救われた深い喜びなどが伝わり、なかなか見応えのある番組でした。

ここではこの番組の内容や出来を個別に云々するつもりはありません。広く行われているドキュメンタリーの「再現」の典型的な事例を、たまたま最近観たこの番組から抜き出してみることにします。

2例目の手術が行われたのは1997年（平成9年）3月で、放送の約4年前です。そのあたりの番組の展開は次のようになっています。

画面にはまず外科医の勤務する病院の遠景、そして病院内の廊下が映し出されます。病院の遠景には「平成9年3月・○○総合病院」と字幕スーパー。そして、「平成9年3月、湘南鎌倉病院は緊張につつまれていた」とナレーションが入ります。

次、そのときの手術に立ち会った看護婦のモノクロームの写真、そして、自室で手をひねり動かしながら独りで手術のイメージトレーニングをする外科医の映像。ナレーションはこう続きます。

「看護婦の中村は須磨（医師）の部屋に入っておどろいた。中村はひとり、手術のイメージトレーニングに没頭していた。中村が入ってきたことにも気づかなかった。どの角度で、どれほどの深さでハサミを心臓に入れるのか、懸命に思いえがいていた」

続いて画面は大勢の病院のスタッフのミーティングの場面。医師がなにごとか発言します。ナレーションは、

「間もなく、須磨はスタッフ全員を集め、言った。
『今度の手術は正確に心臓を切るために、心臓を止める』」
次、モニターの心臓の映像。黙って聴くスタッフの顔のパン。ナレーション。
「手術で心臓を止めることは珍しくない。しかし、弱っている心臓にメスを入れ、切り落とし、本当に再び動きだすのか。静まり返った」

以上、当時の緊迫した状況を短い時間量で手際よく示した構成部分です。

しかし、考えてみると、4年前、2例目の手術の直前の医師と病院内をNHKのカメラが記録していて、それを4年後に放送するということは考えられません。ここで使われている映像は全て「再現」映像と思われます。

厳密に言うと、本当は別内容の「似た映像」の使い回し、なのですが、広い意味で「再現」と言っていいと思います。イメージトレーニングは別の患者の手術のためかもしれませんし、ミーティングは4年前の手術とは関係のない場面でしょう。

感動したという妻にそのことを話しました。「あっ、そう言えばそうね」と驚きました。しかしすぐ、「まったく気にならなかった。そんなこと問題じゃないんじゃないの。中身がだいじだから」と言いました。

これは一般視聴者としては当然の反応です。

どこにも「再現映像」という断りはなく、それどころか、ミーティングで発言する医師の口の動きにタイミングを合わせて、医師の「今度の手術は心臓を止める」という言葉が読まれ、沈黙して聞くスタッフの映像に短く「静まり返った」というコメントが打たれます。あたかもこの映像がまったく当時のものであるかのような演出です。しかし、視聴者の多くはこの映像が当時のものではないことを感じているはずです。にもかかわらず、なぜ違和感がないのでしょうか。

「再現」が受け入れられるとき

この理由は比較的簡単で、三つ考えられます。

第1は、番組と視聴者の間に暗黙の契約が成立しているからだ、ということです。今観ている映像は「再現」であるという了解が視聴者の側にあり、番組もそれを前提に展開していきます。この「暗黙の契約」が成立するのは、「プロジェクトX」という番組が全体として「再現」で観ていくという、番組そのものの性格が視聴者に了解されていることによるものです。

第2の理由は、視聴者がこのような「再現」をドキュメンタリーの多様な表現方法として受け入れてしまう、という事情があるからです。つまり、番組全体として語られるストーリーにリアリティがあり、メッセージが真実と感じられる場合、視聴者の関心は、その映像が本当にそのときのものか「再現」なのかといった問題から離れて、番組のメッセージに強く引きつけられていきます。つまり、「再現」をその真実を伝える効果的な方法として無意識のうちに許容するわけです。ワイフが「中身がだいじだからいいじゃないの」と言ったのは素朴な反応ですが、その許容の例でしょう。

第3の理由は、映像が本来持っている性質によるものではないかと考えられます。「再現」が再現だと断られなくても違和感なく受け入れられるのは、映像が次のような二重性（あるいは多義性と言ってもよいと思いますが）を持っているからだと考えられます。

どんな映像も、例外なくその背後にその映像が指し示す「意味」を貼りつけています。非常に単純化して言えば、我々が観ているのは具体的で客観的な映像ですが、視聴しながら、実はその背後にある何らかの意味を受け取っているということです。

我々の観ているのはイメージトレーニングする医師、という具体的な現象ですが、その映像に、例えば医師の持つ熱意や繊細さという無形の意味を感じますし、ミーティングのシーンには、手術がいかに大がかりで緊張を要するものか、という意味が貼りついています。視聴者はその感性や人生経験に基づいて、映像からそういう無形の意味を次々に受け取っていくわけです。映像のドキュメンタリーは、外形的には客観的な映像が連なっているのですが、実はそうした見えない「意味」が連なっているのだと考えられます。

ドキュメンタリー番組を作るうえで、企画、取材と並んで中心的な作業は映像、音声の編集ですが、編集とはこの「意味」を意図的、周到に構成、配列していく作業にほかなりません。

したがって、ドキュメンタリーの構成に力がある場合、この無形の「意味」がまず視聴者をとらえ、その映像が「本当」であるかどうかは問題ではなくなってしまう、そういう作用を喚起する力が映像には備わっています。示された「意味」がどのように読み取られるのか、納得できるかどうか、共感できるかどうかが重大なのであって、その映像がどのように作られたかに関心は向かないのです。

よく考えてみるとおかしい、という「再現」がやすやすと受け入れられるのは、それを可能にする基盤がもともと映像の性質の中にすでにあるからだと思われます。

このように考えてきたとき、最初にあげた「走って帰る男の子」の映像は、以上のような条件があれば「許される再現」として許容できそうです。撮影の時に少年の帰宅は過去のことで、かつてあったことを伝える映像素材として使われるなら、外科医の「別手術のためのイメージトレーニング」と「少年の走り」はきわめて近い性質のものだと言えないでしょうか。

しかし前述のように、構成上、「再現」であるという暗黙の表示がなく、「これは父が帰ったのを知って家に急いで帰る少年のすがたです」というような直接的な紹介の仕方になると、やはりルール違反と言わざるを得ません。この場合は単純に「事柄の実際に反するウソは言ってはいけない」という市民的倫理で律することが可能でしょう。

カメラの制約から生まれる「再現」と「依頼」

このような「再現」以外にも、テレビドキュメンタリーでは、撮影中に「新たな状況を設定する」という手法も広く行われています。

例えば、スケジュール調整可能なイベントを撮影期間内に依頼してやってもらうとか、出演者とある場所、人物に出会ってもらう状況を設定するとかいう「依頼による場面の設定」です。

したがって、テレビドキュメンタリーの場合、撮影内容をおおざっぱに分類すると次のようになります。

1、取材者の作為を含まない現象・行為。

これは取材者がスケジュールを合わせて、その動きに立ち会い、撮影するもの。多くは撮影中なにが起こるかわからない、ありのままの現象を撮影したもの。

2、取材者が「依頼」という作為によって撮影したもの。これには次の二つの場合があります。

・過去、あるいは日常の「再現」

・「再現」ではないが、取材者が出演者と合意で何かの行為をやってもらい、撮影するもの。いわば「依頼による状況設定」。これは外見上は1の「作為を含まない現象・行為の撮影」と極めて近いものになる。

この1と2は、放送を観る限りでは区別しにくいのがふつうです。「依頼」による「再現」や「設定」という制作過程での行為は、番組の背後に隠れてしまうからです。ですから、ありのままと思っていた映像が、実は「依頼」という「作為」によって行われたとわかれば視聴者はきっと不愉快になるにちがいありません。

しかし、この2の手法がもし禁じられたら、大半のテレビドキュメンタリーは成立不可能です。これは良い悪いの問題ではなく、テレビドキュメンタリーというジャンルの存立の条件として考えざるを得ない手法です。

どうしてテレビでこのような「再現」や「状況の設定」が必要となるのか、それにはカメラの、機械としての物理的条件と番組制作の経済的条件が大きく作用しています。

カメラは過去を写すことができません。これは文章とはちがう決定的な性質です。現在の人物の動きや資料の映像で過去を「示唆し想像させる」ことはできますが、「過去そのもの」を写すことができないのです。このカメラの性質は根源的なものです。

同時に、どんな現象が目の前に起こっても、カメラがそのとき回っていなかったら、その現象は無かったも同然です。文章なら思い出したり資料から想像して書くことができますが、テレビドキュメンタリーでは、カメラが撮ってないものは使いようがありません。本当は長期にいつもカメラをスタンバイしておきたいところです。

しかし実際のところ、撮影にはお金がかかります。技術の進歩で撮影が簡便になり、ビデオジャーナリストがひとりでドキュメンタリーをつくることも可能になってきましたが、多くはまだ数人のスタッフと車、機材が必要で、1日クルーを組むだけで数十万円の費用がかかってしまいます。どうしても撮影日数の制限が生じざるを得ません。これはロケの宿命です。

これがさまざまな「再現」や「状況の設定」といった取材側の作為を必要とする基礎的条件です。もうひとつ関連して忘れてはならないことは、事実を撮影した映像の、避けがたい主観性です。

撮影されたものは決して「事実そのもの」ではありません。撮影者の主観によって「事実」(「現象」と言い換えてもよいのですが)の一部が切り取られ、ビデオテープに定着された、量的にも質的にも限定された素材です。また、撮影後の編集によっても主観的に選択され加工されます。考えてみれば、1の「作為を加えない」撮影内容にしても、放送のときには、その内容は過去の事実の「映像による再現」にほかなりません。現在というものは存在せず、あらゆる目前の現象が過去へ過去へと畳み込まれていく、記録映像はその極小部分を切り取ってきたに過ぎないのです。

こうして、テレビドキュメンタリーは、徹頭徹尾、主観的、作為的な作業の末に生み出されると言ってよいでしょう。

この、撮影での「依頼」による「状況設定」「再現」の手法や、撮影自体の主観性、といった、テレビドキュメンタリー制作過程に必然の特徴は、カメラの制約の表現です。同時に、実はこの条件があるからこそ、作り手の主体が厳しく問われるとともに、映像ドキュメンタリーが豊かで多様な表現を発達させ、制作者のメッセージを伝えるジャンルたり得た、ということを認める必要があります。

しかし、この制作過程に必然の特徴は、当然、次のような状況をもたらします。

第1に、こうした事情は、映像を反倫理的な手段によっても作為的に作り出したい、という誘惑を生み、テレビが欺瞞的なメディアとして信頼を失う危険を絶えず作り出します。

第2に、このような制作過程の特徴は、業界の人びとには自明で初歩的なことですが、多くの視聴者市民はドキュメンタリーは事実ありのままだと信じている、という、テレビドキュメンタリーにおける送り手と受け手の意識の落差、乖離を生み続けることになります。本稿の冒頭で述べたように、この乖離はなお大きなものがあります。

この二つの状況が、誰の目にもわかるように象徴的に出現したのが、8年前NHKを揺るがせた有名な「ムスタン事件」でした。

「ムスタン事件」は何を提起したか

1993年2月3日、朝日新聞朝刊は、一面トップで「NHKスペシャル『禁断の王国・ムスタン』主要部分やらせ・虚偽」という大きな見出しの記事を掲載しました。

前年1992年9月30日と10月1日の2回にわたって放送された標題の番組に、捏造やウソがあったという報道です。その後、朝日新聞は連日紙面を大きく割いて続報を続け、マスコミ各社もこの問題を大きく取り上げました。

指摘された問題は多岐にわたりますが、主要な点は、

・スタッフが高山病にかかった場面は担当のチーフディレクターがスタッフに命じて演技させたものだった。

・山岳での流砂現象や岩が崩れ落ちるシーンは、チーフディレクターの意思で、取材班が人為的に引き起こしたものだった。

・雨が降らない苛酷な環境で現地の少年僧の馬が死に、少年僧は雨乞いのため山上で祈りを捧げた、とされているが、死んだ馬は少年僧のものではなく、雨乞いもチーフディレクターが依頼してやってもらったものだった。

といったところでした。

記事が出た2月3日、ＮＨＫは記者会見を開き、大筋で記事の指摘を認め、謝罪するとともに、副会長を座長とする「ＮＨＫ『ムスタン取材』緊急調査委員会」を設置、現地調査を含め、事実関係を調査することを明らかにしました。

2月17日になって、ＮＨＫは調査委員会の報告を発表、改めて判明した多くの事実を明らかにしたうえで、同日夜の放送予定を変更、22時から特別番組を組んでこの報告書の内容を伝え、会長が画面に出て謝罪しました。同時に関係者の処分も発表しています。

処分は会長自身が減給20パーセント6か月、当のチーフディレクターは停職6か月、放送総局長、スペシャル番組部長は降格、更迭、というもので、当時かなり厳しい処分という印象を持ったことを覚えています。

この経過を通じ、担当ディレクターの、ドキュメンタリーにたいする基本姿勢や、スタッフや現地の人びとにたいする態度の問題、またＮＨＫにもある視聴率重視の傾向や、メディアミックスを手段に外部資金を導入する企業主義的な傾向の強まり、などの問題が指摘され、多岐にわたる論点が明らかになりました。

この稿は「ムスタン問題」を検証、論評するのが目的ではないので、経過については以上のように事実関係のみに止めますが、いま当時の報道を見直してみると、いわゆる「やらせ」批判はわかるのですが、同時にテレビではどうしても必要な手法までが、「やらせ」と同一視され、排除されかねない論議がありました。

にあげています。

たとえば、朝日新聞は2月4日の続報で、ディレクターが現地の人びとに「雨乞い」や「宴会」など、依頼して再現した撮影も、「高山病の演技」とならべて、「やらせと虚偽シーン」として項目にあげています。

すなわち、先に整理したような「依頼による撮影状況設定」も否定しようという世論があったのです。これに対し、テレビの内部から、疑問の声や異議の申し立てが起こりました。

この事件が発覚した翌月、NHKは放送記念日特集として、「ドキュメンタリーとは何か」を放送しました。評論家の立花隆氏が、著名なドキュメンタリストや評論家を訪ね、ムスタン事件とドキュメンタリーにたいする考え方を聞くという75分番組です。

そのうち吉田直哉氏と今野勉氏の見解が「ムスタン事件」の論議に異議を唱えたものとして刺激的で、記憶に残っています。

吉田直哉氏は、私たちの世代より10年前にNHKに入り、数々の名作を世に送り出して、ドキュメンタリーを志すディレクターの目標であり続けました。私が入局した頃はテレビ初のドキュメンタリーシリーズ「日本の素顔」での仕事が有名で、この番組に憧れてNHKを志望した青年は少なくなかったはずです。氏はこの番組の命名者であり、第1回からの担当者でした。

番組「ドキュメンタリーとは何か」の中で、吉田氏は「ムスタン事件」をきっかけに起こった世論の「やらせ批判」の「大合唱」ともいえる状況に強い懸念を表明して、次のように言います。

〝うそがいけない〟と大合唱されると、映像ドキュメンタリーというのは成り立たないところがあって、70年前にフラハティが、実写映画からドキュメンタリー映画と言われる『極北の怪異』とか『アラン島の人々の生活』などをやりだした時に、再現というか、すでに今の言葉で言ったら〝やらせ〟という種類の再現をみなやっているわけです。

そのときに〝いけない、いけない〟という大合唱があったら、このジャンルはこわれていたわけですね。

フラハティというのはアメリカの記録映画作家ロバート・フラハティで、ドキュメンタリー映画の父とされている映画監督です。吉田さんがあげた二つの作品は「極北の怪異・ナヌーク」と「アラン」という題名で日本でも知られ、ドキュメンタリー映画というジャンルを拓いた古典的作品です。

「アラン」は、アイルランドのアラン島の厳しい自然とその中で暮らす人びとの営みを、みごとな映像美でえがいた１９３４年の作品ですが、フラハティは撮影にあたって、島の住民の中から男性と女性一人ずつ、それに少年一人を選んで、この三人で家族をひとつ作り、その撮影を軸に作品を構成しています。撮影対象の家族は実際の家族ではなく、演出されたものだったのです。

また、「ナヌーク」でも、イヌイットの家族が雪の家を作って野営する場面がありますが、当時のフィルムの感度ではその家の中は暗くて写らなかったため、家を半分に切って、家族のいる所を露出させ、外から家族が寝るシーンを撮影しました。これは野営の事実としてはあり得ないことです。しかしこれらのことで、「アラン」や「ナヌーク」はドキュメンタリー映画ではない、という人はまずいないでしょう。

吉田氏は続けて要旨こう言います。

ですから、欧米のドキュメンタリーと日本のドキュメンタリーが違うのは、向こうは限りなくフィクションの方に、ドラマの方に近いんですけど、そこまでドキュメンタリーと呼ぶんですけれども、こちらは（日本は）どんどん小さくされていくという気がします。もっとルーズにして、作品が良ければいいじゃないか。メッセージが良ければ。

メッセージの無いものを弁護してるんじゃないですよ。メディアの表現手段はもっと多様性があっていいじゃないかって……思うのです。

続いて特集「ドキュメンタリーとは何か」は、吉田氏の「日本の素顔」の名作「日本人と次郎長」を話題にします。この作品の中に、ヤクザの親分衆が賭博をし、札が飛び交う有名なシーンがありますが、吉田氏はこのシーンが「再現」だったと言います。

この賭博はほんとうに金を賭けてのものではなく、使われた紙幣はＮＨＫから持っていったものでした。ドラマで使う小道具としての紙幣を用意して、実際と同じように〝やってもらった〟わけです。

このシーンは今で言えば〝やらせ〟として非難を浴びるだろうと思われます。しかし、番組のメッセージは、ヤクザのメンタリティの中に、日本社会のあらゆる組織や団体、たとえば政界や学会、などの上下関係、義理人情などのメンタリティが凝縮されている、ヤクザ社会を描くことで日本の社会のありようを批判する、というものでした。この骨太の視点をテレビ番組に持ち込んだ試みは当時きわめて新鮮であり、吉田氏は制作時まだ20代だったはずですが、初期テレビドキュメンタリーの名作として高い評価を得たのは周知のとおりです。

氏によれば、こういうテーマがきちんと汲み取られるかどうかが問題で、どうやって撮ったかは枝葉末節である、ということになります。

こう書いてくると、「ムスタン」の高山病のシーンはどうか、ということになりますが、吉田氏はこうした架空のシーンは退けています。ふだん起こりえないような異変を作り出して撮影するのは、「俺が撮った」という功名心をウソで満足させることになるので、やってはいけない、と別のところで批判しています。「再現」は許されますが、人間が病気になることは「再現」できるものではありません。

一方で氏は、ドキュメンタリーで使われる映像はありのままの事実でなければならないという、ドキュメンタリーを狭く規定する風潮に抗議しているわけです。もともと映像でありのままの事実を伝えることは不可能であり、そうした狭い規範にもとづいて、映像の「正誤」を判定する、というのは表現行為としてのドキュメンタリーを危険にさらす、というのです。こうした主張はたとえばエッセイ集『森羅映像』（文藝春秋）などでみることができます。

吉田氏の方法的主張は、私には、文学が言語によって表現されるように、また絵画が絵の具の色を素材として表現されるように、映像ドキュメンタリーは、個々の映像を素材としてメッセージを叙述していくものだ、と受け止められます。映像はあくまで作り手の表現の部分素材として使われるわけで、不正な捏造を除外すれば、表現の素材がどう撮影されたかは枝葉末節だということになります。

氏が「日本の素顔」の放送中、この番組を、事実の記録というニュアンスの強い「ドキュメンタリー」と呼ぶことを拒否して、素材としてのフィルム映像で構成する作品という意味で「フィルム構成」と呼んだのはそういう主張に基づくものです。

自分の中にある真実に従う

もうひとり、今野勉氏の見解も吉田氏に通底するものがあります。今野氏は１９３６年生まれ、ＴＢＳに入社して主にドラマの演出で活躍。１９６８年、自民党の介入に端を発し、同僚の不当配転に至る一連の動きに対する闘い、いわゆる「ＴＢＳ闘争」のあと、ＴＢＳを退社し、テレビマンユニオンの創立メンバーとなった人です。

今野氏は、特集「ドキュメンタリーとは何か」の中で、「ムスタン事件」をめぐる議論が、ドキュメンタリーは事実に基づかなければいけない、という考え方を基準に「ドキュメンタリーでどこまで許されるか」というたぐいの議論になっていることを不毛だと批判します。そして、担当した「遠くへ行きたい・九十九里浜」の中で、海辺の廃船を燃やす心象風景の演出を思いついたことにふれて、次のように言います。

ドキュメンタリーというのは、そこにある事実を基にして作られるという原則がありますね。事実だけで作るのはそれなりの方法ですが、現実にその現場に立ってみると、それだけでは済まないと感じることがたくさんあったのです。例えば、九十九里浜にロケハンに行きましたら、点々と砂の中に廃船が埋まっていました。それをずっと歩いてみていくうちに、廃船が燃えているというイメージが自分の中に沸き上がってくるのですね。当然その心象風景を映像化したくなりますね。……

こうして、今野氏は町役場と消防団に交渉し、持ち主を探して廃船を燃やし、その映像を番組に取り込みました。さらに今野氏の言葉。

(この映像について)「嘘ではないか」と、厳しい言葉で言えば「捏造ではないか」と言われます。けれども僕はまったく疑いもしなかったし、考えもしなかった。なぜかというと、ある種の心象風景というのは僕の中の真実だから。

僕がその場に出現させたいと思えば出現させていいと思います。だれに断ることなしにやっていい。(中略)

もっというと、許される〝やらせ〟と許されない〝やらせ〟があって、〝許されるやらせはやっていいですよ〟という考え方は非常に危険だと思っているのです。ぼくらは、ある方法を取るときには、許されているからやるということではない、その表現にとって必要だからやるのです。

ここで今野氏が言う「危険」とは、表現者としての後退や、ジャンルとしてのドキュメンタリーの衰退をまねく危険という意味だと思われます。

自分の中で真実であれば、だれに遠慮することなくやってよい、基準は自分だ、という主張は、表現者をめざすディレクターにとって、きわめてラジカルな激励のメッセージと言わねばなりません。ＴＢＳからテレビマンユニオンまで、「テレビとは何か」「テレビで何ができるか」を問い続けてきたディレクターだからこそ言える言葉だと感じます。

では何をやってもいいかというと、今野氏はやはりやってはいけないこととして、次のようなケースをあげています。第1に、それを受け取ることで視聴者が間違った判断をしてしまうような表現を作ること、第2に、取材されるほうに迷惑がかかるような内容。第3は、これが一番重要だと今野氏は言うのですが、不当な手段によって映像の商品価値、希少価値を高めること、をあげています。

つまり、現在は情報としての希少価値が商品性を持つので、それを作ったディレクター、その瞬間を捉らえたディレクターは、ある種の栄誉と報酬を貰うことになる、もし不当な手段で希少価値の映像を作って売る、というようなことがあると、手間暇かけて作ろうとしていたディレクターは非常に大きなチャンスを逃がすことになる、これは視聴者が直接被害を受けないケースでも、同業者として基本的にやってはいけない倫理だというわけです。吉田直哉氏の、「功名心を満足させるためにウソの映像をつくるのはよくない」という主張と近いものがあります。

吉田直哉氏と今野勉氏の発言は、主として活字メディアからの「ムスタン事件」批判の中に、映像ドキュメンタリーにたいする無理解が潜んでいることを感じ取ってのものでした。テレビ界をリードした二人のテレビマンの「ムスタン」論議への異議申立ては説得力があり、そのドキュメンタリー観には学ぶべきものがあります。

この二人の発言から感じられるのは、制作者の内部に〝真実〟がある、言い換えれば制作者の中にメッセージやテーマが内在していて、それを表現するために、外界の事物、現象の映像が収集選択され、またときには作為によって「再現」され、構成されていく、という、非常にオーソドックスなドキュメンタリーの考え方です。

勿論、吉田氏も今野氏も膨大な実作とドキュメンタリーに関する著書があり、その内容をみれば、右のように二人の主張を単純化できるわけではありませんが、両氏のドキュメンタリーに関する考え方には、取材者の意図やテーマの設定、表現への衝動、といったものが、非常に大きな位置を占めていると感じます。これで両氏の数々の業績が生まれたわけです。

以上のように、テレビドキュメンタリーの制作過程には、「再現」や「依頼による設定」が必然であること、また作り手の姿勢として、吉田氏や今野氏のように、テーマ、メッセージが重要で、映像がどのように作られたかは枝葉末節であり、表現者として必要であれば自由に表現してよい、という態度があることをみてきました。

この稿の前半で述べたように、事実を記録するジャンルの番組の場合、作為と選択、ディレクターやスタッフの主観的な操作、が働いていることを、もう一度確認することができます。

しかしここから、視聴者としてはとりあえず二つの疑問が生じるのではないでしょうか。

第1は、テレビドキュメンタリーがそのような〝生理〟を持っているなら、視聴者が犯罪的な〝やらせ〟に騙される危険性が常にあるのではないか。

第2は、もしテレビドキュメンタリーが、そのような作り手の主観的な行為によって生み出されるなら、テレビドキュメンタリーは果たして客観的な〝社会の真実〟を描くことができるのか。この二つです。

「集団制作」、そして「主観」と「真実」

第1の問題に関して言えば、残念ながらその危険は否定できません。

放送によって被害を受けたケースについては、1997年に「放送と人権等権利に関する委員会機構」（BRO）ができるなど、少しずつ進んできていますが、明白な被害を生じないが虚偽的な〝やらせ〟というのは個々の制作者の持つ倫理に委ねざるを得ません。制作者の見識と志、視聴者のメディアリテラシーがより高められ、鍛えられる以外に方途がないように思います。

それ以上の規制のシステムなどを作りだすことは、吉田氏や今野氏が危惧するように、映像ドキュメンタリーというジャンルを萎縮させる危険があるからです。

ただ、一つの救いは、テレビの仕事は集団でやる仕事だ、という点です。これは記者がペン一本で仕事をする新聞など活字メディアと大きく違う特徴です。

番組制作の現場では、ディレクターはじめ、カメラマン、音声、照明、車両担当、メイク、その他アシスタントなどが、ときには数十人の規模で働いています。もし、ディレクターが視聴者を不当な手段で騙そうとしたら、スタッフや出演者をまず騙さなければならないし、騙せなければ、共犯者になるよう全員を説得し支持を得なければなりません。

私も現場で長く取材・撮影をしてきましたが、これは事実上不可能だというのが実感です。

取材・撮影の現場では、スタッフがそれぞれの職能の専門家であるという共通性に基づいて、対等にものが言える関係がつくられなければならないと私は考えています。ディレクターの視点や意図は、番組の実現にあたって決定的に重要な役割を果たしますが、だからといってディレクターが、スタッフの意思に反して強制的な指示命令ができるわけではありません。

「ムスタン」の場合は、担当ディレクターが、スタッフに高山病の演技を指示したとされ、それは命令に近いものだったと報じられました。スタッフは心理的抵抗を感じたはずですが、応じたところをみると、このクルー（撮影隊）にはどうもタテ関係、上下関係があったようです。

こうしたスタッフ内の「上下関係」「命令、服従」という関係のなかでは頽廃が防げなかった、これが「ムスタン事件」のもうひとつの重要な教訓です。自由な討議による納得と意思統一の過程がスタッフ内で保障されることが映像表現の倫理を確保する最大の条件であり、上司のチェック体制を強化するなどという対策は、これに比べれば実効が薄いと思わざるを得ません。

第2の問題はなかなか厄介です。特集「ドキュメンタリーとは何か」での両氏の発言が提起しているのは、実は社会的現実、現象と、取材者の主体との関係でした。

「再現」や「設定」がどれだけ許されるか、などといった問題にくらべ、この主体と客観的な実在との関係こそ、事実の記録を扱う番組の根本問題です。

前述のように、テレビドキュメンタリーの撮影・編集過程が、主観的な行為であることは免れないのですが、そのことと、番組が社会の〝真実〟に迫ることとは決して矛盾しません。

ここでいう「真実」とは、ものごとの本来のすがた、とか、現象を動かしている主要な動因というほどの意味です。番組制作は、人間が社会を認識していく認識過程の表現であり、人間の認識が、このような〝真実〟についに到達できない、とする考え方に私はたちません。

優れた番組は、社会的真実を番組構成の中に捕捉し、全的でないにせよ、その真実の表現を含んでいる、というのが視聴者としての私の実感です。

映画人のドキュメンタリー論には、社会的〝真実〟などないのだ、それに迫って、「これが真実だ」と世に示すなどというのは、プロパガンダ主義であり、ドキュメンタリーを政治的意図に従属させるものだ、という議論があります。

これは認識論にかかわる問題であり、制作者の意識から独立して、ものごとや現象の本来のすがたのなかに〝真実〟があるのか、あくまで制作者の主体と現実の関わりのなかに表現の〝真実〟があるとするのか、それによって態度が変わります。私が前者の立場をとるのは、テレビドキュメンタリーが、ジャーナリズムの任務のもとで、社会現象の真実に迫る可能性を持たない、と考えるのは夢がなさすぎると思うからです。

「描かれないもの」への想像力

テレビドキュメンタリーが〝真実〟に迫りうる、という一方で、その主観性によって、〝真実〟に反する、あるいは隠蔽する番組が作られることもみておかなければなりません。これもテレビドキュメンタリーの〝生理〟特徴を考えるうえで重要です。

実は、何かを番組で描く、ということは、同時に「描かれないもの」を大量に作りだす作業でもあります。ひとつの事実を番組に取り上げたとたん、そのことは、当然別の事実を排除する作業でもあるのです。事実の選択如何では、事実を連ねて虚偽を語ることも可能です。

この点、評論家の加藤周一氏は、「ムスタン事件」の直後に朝日新聞に掲載された「夕陽妄語」で、湾岸戦争のピンポイント爆撃の映像の例をあげ、それだけが繰り返し放送されることで、湾岸戦争がそのようなものである、という誤った印象が作りだされた、と言います。そのほかの爆弾がイラク市民に被害を与えたことが覆い隠され、戦争に真実が歪められたと批判しました。氏は結論として次のように言います。

個別的な事実にのみ注意を集中しているかぎり、「マス・メディア」の世論操作に対して、われわれは受け手の立場を免れることはできない、要点は、部分の「やらせ」ではなく、全体

の「偏向」である。（1993年2月17日付）

テレビ映像の倫理で主要な問題はまさにここにあると言っていいと思います。描かれないものへの制作者の判断と見識、そして、描かれないものへの視聴者の想像力、これを共に鍛えることが、きわめて重要だと感じます。

関連して、テレビドキュメンタリーの特徴のもう一つのポイントは、これがテレビ局という〝企業〟によって作られるという基本的性質です。

企業に属するサラリーマンが、自由に主体的に番組を作っている、というわけではなく、そこには企業の意思が働いていることをみなくてはなりません。

否定的な意味だけで言っているのではなく、企業に属することによって、サラリーマンディレクターが、豊かな表現の機会を与えられてきた、というのも事実です。同時に、企業の論理に、番組内容を左右するシステムがあり、その中で番組が作られていることを忘れるわけにはいかないのです。

スポンサーの意向、政権政党の意向を慮って、スタッフの意思に反し、上司が番組を改変する、というようなことが起こりうるのも、テレビ局という〝企業〟内で作られるドキュメンタリーの避けがたい特徴です。

その力学が働くなかで、国民的な争点が隠されたり、歪められたりする可能性がある、このことにたいする批判と想像力を持つことは、視聴者のメディアリテラシーへの根本的な要請と言わなければなりません。

「事実」への謙虚さ

最後に、私自身はひとりのディレクターとして、どのように考えてきたかを、やや蛇足めいた内容ですが書いておきたいと思います。

テレビドキュメンタリーが、「再現」や「依頼」という必然の手法を持つこと、そして、制作者のもつ主体的なテーマやメッセージにしたがって、現実を切り取り、表現するのがドキュメンタリーの一般的なすがただ、とこれまで述べてきました。

ここからはもう趣味の問題ですが、どちらかといえば、そうしたドキュメンタリー的な番組作りの〝生理〟や制作者の主体優先の考え方に、私は違和感を持ち続けてきたのではないかと思います。

私は吉田氏たちの時代、いわばテレビの巨匠たちの時代のはるかあとに歩みを始めた大量のサラリーマンディレクターの世代に属していました。そうした世代のひとりとしても、先行するドキュメンタリストの方法は魅力的で、若い頃は随分憧れた記憶があります。

しかし、退職前の10年ほどの期間をふりかえってみると、いわゆる古典的ドキュメンタリー観に反発しつつ、仕事をしてきたのではないか、と思い当たるのです。

私は番組を作る中でなにを考えていたか。それは一種素朴な観念で、一口に言うと「事実への執着」―「事実への謙虚さ」ということになるでしょうか。ここでいう事実とは、取材者によって加工されない、作為が排除されている「社会的現実」とか「人間の行為」と考えてよいと思います。

ディレクターの内部にあるテーマ、言いかえれば取材者の〝真実〟にしたがって社会的現実（事実）を切り取ってくる、という方法では、事実はそうしたディレクターの内部にあるメッセージを表現する素材、道具にすぎなくなります。こうしたドキュメンタリーの方法が極端に矮小化されて表現されたのが「ムスタン」の高山病の演技ではないでしょうか。

このような一般的なドキュメンタリー論には、取材者が事実に遭遇して、学び、自分を作り変えるという契機が含まれていないのではないか、含まれていないというのが言いすぎなら、軽視されているのではないか、これが私の、支配的なドキュメンタリー論への不満です。

「ムスタン」では、古典的ドキュメンタリーの流れをうけて、最初にムスタンの苛酷な自然のストーリーが、「ディレクターの内部に」作られました。雨が降らないので、馬は死に、畑の水は枯れ、人びとは雨乞いでひたすら祈るしかない存在だ、というストーリーです。つまりこれが、ムスタン担当ディレクターの「自分の中の真実」だということになります。

しかし、現地を知る人によると、ムスタンの人びとは、雨が降らないくらいではびくともしない、長い歴史の中で獲得した知恵を働かせ、逞しく生きているというのです。これが取材者の「内部の真実」とはちがう、取材者から独立して存在するムスタンの真実なのです。もし、取材者が事実に謙虚に学ぶ姿勢があったならば、番組のストーリーは遭遇した事実によって問い直され、鍛え直されたはずです。これがテレビの映像ドキュメンタリーが倫理的であるための必須の条件です。

さきに私は、撮影された内容を2種類に分類しました。第1は、作為を加えない、生起する社会的現象を同時進行で記録した映像であり、第2は取材者の依頼によって設定されたものを撮影した映像です。この第2の領域には「再現」が含まれています。

ドキュメンタリーの映像にはこの第1、第2のどちらも必要で、「依頼」による「再現」や行為の設定もドキュメンタリーの豊かさを保障するために許容されてよいと主張しました。

しかし、私自身は、退職間近の期間のしごとでは、徹底的に第1の領域の取材に限定してきたように思います。

事実といっても、カメラで切り取るわけですから、事実ありのまま、というわけではありません。しかし、その限りでできるだけ取材される側に作為を加えず、現実の動きを凝視し、記録する、その中にある真実を探りあてる、という意識です。

この意識にしたがって作った番組が1991年放送の長期取材ドキュメンタリー「若き教師たちへ」でした。

地方都市の小学校の授業作りの実践を、優れた校長を軸に1年間にわたって記録した番組ですが、75分の番組の中で「再現」映像や、撮影のために依頼してやってもらった映像は一切ありません。すべてが現実に生起する人間の動きにクルーが立ち会い、記録したものです。

これが普通のやりかたではないか、と思われるかもしれませんが、ロケ中、何の設定も依頼もない、というのは実は極めて特異なケースなのです。

なぜ、このような作り方に執着したか、前述したように、それは純然たる趣味の問題です。そのほうがはるかにスリリングであり面白いからです。

もう一つの理由は、これは前に触れたように、認識論の分野の問題ですが、描きたい〝真実〟が、取材者の側にあるという、主観的観念的立場には私は立てませんでした。そうではなくて〝真実〟は、取材者から独立して社会的現実の中にある、それに接近していくのがドキュメンタリーだと考えたのです。

これは、制作者のメッセージを伝えることが重要で、そのための素材としての映像がどのように作られたかは枝葉末節、という立場とは大きく違う立場です。どちらが適切か、ということは言えません、制作者の体質、好みの問題としか言いようがありません。

ここまで書くと、前にも書きましたが、ドキュメンタリー論議に詳しい人なら、今頃何を古めかしいことを言うのか、ときっと笑うでしょう。なぜなら、真実は取材者の意識から独立して社会的現実の中にあり、それを追求して世に提起する、などという考え方は、最悪のプロパガンダ主義であり、政治的プロパガンダに芸術としてのドキュメンタリーを従属させるものだ、というのが通説となってきたからです。事実の尊重という姿勢も「事実フェティシズム」として批判されてきました。私のような考え方はドキュメンタリー理論の分野では揶揄の対象にしかならないものです。

しかし、現実の世界はどうでしょうか。先進資本主義国では貧困と政治腐敗、人権抑圧などが絶えず、過去の歴史の修正などの醜悪な反動も強まっています。世界的にも、紛争や暴力が続くなど、あらゆるところで矛盾が噴出し、巨大な「事実＝現実」のうねりが世界を覆っています。このような時代に、まず「事実＝現実」を凝視し、そこから真実を暴き、伝えるという仕事は重大さを飛躍的に増しています。

ここでいう「真実」とは、ものごとの本来のすがた、とか、現象を動かしている主要な動因というほどの意味ですが、あらゆる分野でこのような真実に迫る努力が痛切に必要で、むしろ古典的な「プロパガンダ主義」の復権が求められているのではないか、とさえ思います。

このような社会的ドキュメンタリーの、テレビにおける欠乏、不在は憂慮すべきことです。テレビ局在職中、こうした領域で仕事をする勇気と能力を欠いていた、という反省を持ちつつ、そう思わざるを得ません。

取材者のメッセージ、テーマ主体の番組は多くが文章による文明批評、評論に当てはまる映像をはりつけていくようなものが多く、面白くないのです。こういう番組で胸をうつ作品にお目にかかったことがありません。

「事実を歌わせる」

私が「事実への執着」「事実への謙虚さ」と言うとき、ここでいう「事実」とはあくまでカメラが主観的にとらえた「事実」です。それはそうなのですが、しかし同時にそれは客観的存在の「模写」であることにまちがいはありません。カメラの持つ写実機能によって、客観的な現実の重要な側面を捉えることは可能です。

吉田直哉氏の「日本の素顔」の時代は、カメラは手でゼンマイを巻き、動力としましたので、長くても連続15秒しか撮れませんでした。しかも、音声は録れません。撮影された映像にはどうしても音楽とナレーションをかぶせて処理することになります。つまり、後で加工の余地が大きいだけ、ディレクターに従属した素材、という色彩が強くなると考えられます。この頃のドキュメンタリー論は、当時のカメラの機能を反映したものではないでしょうか。

現代の撮影では、カメラはデジタル化され、デジタルテープに映像、音声ともに収録されます。映像はクリアーで、音声も臨場感に満ち、バッテリーがもつ限り数時間の連続撮影が可能です。撮影された映像は、時に撮影者の予想もしなかった現実を捉え、制作者を撃ち返す力を持つことがあります。制作スタッフによって収集された映像が、それ自身の存在を主張して、制作者のメッセージ表現の単なる素材になることを拒否し、制作意図の変更を迫る、ということもあり得るのです。

こういうカメラの機能の時代に、ドキュメンタリー論もそれに合わせて変わることが求められはしないでしょうか。

しかし、撮影された「事実」がどんなに強力なものであっても、究極のところ映像ドキュメンタリーは、制作者のメッセージがちゃんとあること、そしてそれが視聴者に伝わらなければ作品として意味がありません。難しい問題は、独自の存在を主張する「事実」と「制作者のメッセージ」との関係をどう調整し、調和させるのかという問いで、これは番組制作過程で絶えずスタッフに突きつけられる難問です。

この難問にたいする答を考えるうえで、いつも私は一つの言葉を想起することがあります。

それは、作家大岡昇平が大著『レイテ戦記』の方法として述べた「事実を歌わせる」という言葉です。

「事実」は制作者から独立して、制作者の情緒を含まない、冷たい、乾いた客観的素材です。それを「歌わせる」と言うのです。意図的な選択と配列によって、置かれた事実がものを言う、歌うように仕組む、という方法論で、事実の持つ客観性と「メッセージする」という人間的行為を見事に統一した表現だと思います。

たしかに、『レイテ戦記』はそうで、すさまじい激戦と兵士の死の詳細な事実が、膨大な分量で連なっています。作家の恐るべき事実への執着です。一つひとつは作家の主観を交えない事実として書かれているのですが、全体としてみると、この個々の事実が、オーケストラの楽器のように、合唱団の個々の歌い手のように働いて、壮大な響きを作りだしているように感じます。その音楽の主題、テーマは、太平洋戦争中最大の悲劇だったレイテの戦いの愚劣さ、悲惨さであることは言うまでもありません。

大岡昇平のこの言葉は、エッセイのどこかで読んでいたはずですが、私が企画、担当した番組「大岡昇平・時代への発言」第2回「死んだ兵士に」（1984年8月15日放送）の収録中に、作家自身からこの言葉を聞いたので、強い印象があります。収録は大岡邸の庭で行われましたが、そのとき作家は『レイテ戦記』について、「事実のまんまに則して書くつもりで、〝事実を歌わせる〟という小説美学をぼくは発明しましてね。事実をぜんぶ連ねてある」と語りました。

昔、ドキュメンタリーをめざす人びとにとって聖典とも言われたものに、イギリスの映画作家ポール・ローサの『ドキュメンタリー映画』（みすず書房、厚木たか訳）という書物があります。その中でローサはドキュメンタリーの任務についてこう言っています。

生きた現実から出発して、生きた情景、生きたテーマを劇化（ドラマタイゼーション）させよう。現代の問題や出来事を、今日あるがままの姿の事物を、映画化せしめ、それによって特定の機能を発揮させせよう。

ローサはいまや「プロパガンダ主義の作家」として批判され、顧みる人も少なくなっているかもしれません。しかし私には、依然として示唆的な主張をみることができるように思います。このくだりがいうのは「あるがままの事実」に劇的意味を持たせたい、という当時としては斬新な、現実とドラマを統一的に表現した言葉として衝撃的だったはずです。大岡昇平の「事実を歌わせる」という方法はこの言葉にかなり近いのではないかと思われます。

こうして、「事実を歌わせる」という態度は、私にとって、現実を記録する番組制作の大きな指針となりました。このような姿勢が貫けたかというと自信がなく、実際の番組制作の経験に則して点検しなければならないと思いますが、これはいつか別の機会にすることにします。

教育を問い直す

魂に蒔かれた種子
──哲学者・林竹二ノートより

午前零時を過ぎた深夜の編集室。私はどうしたらよいか迷っていた。今でも鮮やかに思い出せるあの日の情景。

ずっと行動を共にして撮影を進めてきたNカメラマンと、私との間に、険悪な空気が流れていた。「もし切るというなら、あなたが決めればいい」と彼は言った。これは事実上の絶縁宣言でもある。「切る」とはVTRを編集して短くしたり、幾つかに分けたりすることを言う。東北地方向けの特集、哲学者林竹二に関する番組の編集中のできごとで、問題になっていたのは、林竹二との出会いを語るある青年のインタビューの扱いについてだった。「いや、この番組は私が決めるとかそういう関係で作ってきたのではない」と私。わざわざ東京から来てもらった編集のSさんは無言。同じ部屋にいた同僚が誰だったか思い出せないが、「おお、恐ろしい」とつぶやいて部屋を出ていった。

この編集室での一瞬の修羅場は、10年以上も前の、今は懐かしい記憶の中の光景である。

さて、事情を最初から説明しなければならない。

その頃、私はＮＨＫ仙台局にいた。１９８７年の春、ローカルの特集番組の企画について、ディレクターやカメラマンがたむろする部屋で、皆で雑談をしていた。新年度の特集番組で、郷土が生んだ大きな人物をとりあげようという話になって、何人かの人物の名前があがった。

そのとき当時のデスクが「林竹二というのがあるんじゃない？」と言った。これが事の発端となるのである。

たまたま居合わせたＮカメラマンが「それはいい、林竹二やりたいね」とすかさず反応した。私も「林竹二はぜひとりあげるべきだ」と言ったように記憶している。

林竹二という名を知る人は教育界でもいまやそれほど多くはないはずである。ただ、ギリシャ哲学が専門で、ソクラテスの研究者、というだけでは思い出せなくても、宮城教育大学学長の職にありながら、全国の小中学校をまわって授業を行った、と言えば、教育関係者ならばあああの老哲学者、と想起してくれるかも知れない。

「林竹二をとりあげるべきだ」と私が言ったのは、林竹二が授業の行脚を続ける中で、荒れていた高校で、奇跡のように生徒が授業を受けて変わった、とか、大学紛争の時期にバリケードの中に入って学生と粘り強い対話を行い、宮城教育大学は全国で唯一学生が自主的に封鎖を解いた大学になったとか、さまざまな伝説的なエピソードのあることを耳にしていて、いつかちゃんと調べてみたい、と思っていたからである。

東北地方でも校内暴力、体罰など、教育界で世間の注視を集める状況が深刻化しつつあった時期でもあり、前記のようなやりとりのあと、すぐに企画を書こうということになった。

放送番組の企画だから、綿密な調査を経て練り上げられると、一般には思われるかもしれないが、思いつきで書かれた企画がそのまま通過、ということもないではない。私は林竹二に関する概説的な書物を一冊手にいれて、2時間くらいで企画を書いてしまった。そんなドロナワ式の提案が、企画会議で特にクレームもつかず通過してしまったのである。

それは、東北地方向けローカル番組で、タイトルを、「子どもたちよ教師たちよ~林竹二が残したもの~」とし、林竹二に出会った人びとの証言を綴りながらこの哲学者が教育に問いかけたものを探る、とかいう、適当な調子のものであった。このとき、私はこの哲学者のことをほとんど知らなかったと言ってよい。林竹二はすでに1985年4月に亡くなっていて、もはや会うこともできなかった。

放送はその年の11月に決まった。私はほかの番組を担当しながら、少しずつ林の著作や資料にあたり始めた。

ディレクターというのは、どんな高邁な思想でも、人びとの切実な生活のすがたでも、音と映像でどう表現できるのかとまず考える、あらゆる事象を番組の素材の断片としてしか受け止めない種類の人間である。そういう訓練を長いあいだ積み重ねてしまった職業なのである。

林竹二を読みはじめた頃の私も勿論そうで、この人物を45分の構成番組にするにはどうしたらよいか、という意識しかなかったはずである。

しかし、読み始めてすぐ、これは容易ならぬ作業に入ったと気づいて、思わず座り直した。文字通り座り直したと言ってよい。

こういうことを書くと、林竹二とともに実践に携わった人びとや、人生において深く影響を受けた人びとから笑われるにちがいない。そんなこともわからないで番組企画を書いたのか、と。思い返すとこのとき、とにかくたいへんな人物を扱う番組を始めてしまった、という畏れに近い感情にとらわれた。果たしてこの哲学者を、テレビ番組になどできるだろうか、私にその力があるだろうかという畏れである。

16分のトーク

編集室で問題になっていたのは、東京都内の定時制高校で林竹二の授業を受け、その授業を深く心に刻みこんだ体験を持つ青年のインタビューだった。

番組にも登場し、後に出版された実践記録にも手記を寄せているので、林竹二に関心があり、番組や記録に接した人びとはこの青年、藤倉義幸という名前を記憶してくれているかも知れない。インタビューしたのは1987年10月、彼はもうOBで、昼間は新聞販売店で働き、夜間の大学に通っていた。

インタビューの4年半ほど前の1984年2月、林竹二は、晩年何度か授業に入った東京都立南葛飾高校の定時制で5回目の授業「人間とはなんだろうか」を行う。

藤倉さんは当時この定時制の2年生としてこの授業を受け、初めて林竹二に出会った。そして、この一日は藤倉少年に決定的な転機をもたらした。

藤倉さんに、林竹二との出会いについて聞いたとき、彼はこの授業に辿り着くまでの長い自分史を話してくれた。授業の印象についてはわずかで、そのときまで自分がどんな生活を送ってきたかが大部分であり、それは聞き手が言葉を挟めないような、胸を激しく打たれる告白であった。全体で1時間くらいのインタビューだったと思うが、彼が問わず語りに話しはじめて一段落するまでの一連のトークが約16分あり、その間、聞き手の私はひと言も発していない。

編集作業に入って、この藤倉さんのインタビューのラッシュを観ていたとき、私はこの16分（正確には15分50秒）はどうしても切れないような気がして、編集しないで、そのまま使うのはどうだろうか、と編集のSさんとNカメラマンに言った。

驚いたことにSさんもNカメラマンの意見も同じだった。あるいは私がそう提案してから、というより、ほとんど三者が同時にそうしようと言ったのかも知れない。こうしてこの16分を手を加えずに、そのまま全体で45分の番組につなぎこむことになった。

この方針が構成番組の作成にあたっていかに非常識なことかは、同業者ならよくわかってくれるだろう。ふつう、スタジオ番組でも一人で16分話し続けるというのはまずない。まして、取材VTRで構成する番組では、トークは1分とか1分半とかのサイズで使われ、その前後は映像とナレーションできっちり構成していくのが常道である。16分のトークというのは、そこで番組の構成を放棄するに等しい。

編集したVTRを、何人かデスクやプロデューサーが観たはずだが、そこでどんな議論があったか覚えていない。困惑し、こんな冒険をしてよいのか、という雰囲気だったにちがいない。16分といえば、15分サイズの単位番組1本が入ってしまう長さである。

しかし、流石に最終段階に入って私に迷いが生じた。直接林竹二に関係がなさそうに見えるパートを少し落として、間にナレーションを入れたほうが良いのではないか、このままでは担当者が頭がおかしくなったと思われるのではないか、などと弱気にとらわれたのである。番組づくりの常識から言えば、無理もない迷いだったかも知れないが、多分、私が凡庸なディレクターだったからであろう（今も変わりないが）。しかし、これが冒頭に記したようにNカメラマンの厳しい抗議にあうのである。

彼はそのとき、この16分は紛れもなく我々と彼が共有した時間であり、これにハサミをいれることは、すべてを殺してしまうことだ、カットするのは人間を切ることだ、というような趣旨のことを言ったと思う（記憶が正確ではないが）。

こうした受けとめ方は私にもあったから、Nカメラマンの抗議はこたえた。結局、私は迷いを撤回し、既定方針どおりノーカットで16分のトークを組み込むことに戻ることにした。したがって、こうしたやりとりの後もNカメラマンから見捨てられることは避けられたわけである。

勿論、番組には藤倉青年だけが登場したわけではない。私たちは、高校生のとき林竹二の死を知って、矢もたてもたまらず東京から仙台へ来てしまった体験を持つ娘さんにも会った。彼女はその後、林竹二ゆかりの宮城教育大学へ入学、教師になることをめざして学んでいた。このエピソードもまた、彼女が素晴らしい純な人柄であったこととあいまって、忘れがたい取材の記憶となっている。

こうして出来上がった番組は、前半では、この大学生と、林竹二の授業「人間ついて」の記録フィルムを中心に構成し、後半は前述の南葛飾高校定時制の実践と藤倉さんのインタビューで構成するものとなった。

ノーカットのインタビューを組み込んだ東北六県向けの番組「子どもたちよ教師たちよ」は、幸い好評で、多くの好意的な反響に迎えられた。

翌1988年2月15日には、この番組を部分的に改訂して全国向けに放送した。ETV8「授業巡礼~哲学者林竹二が残したもの~」がそれである。この全国版では新たに沖縄の取材を加えたが、藤倉さんのトークを含む番組後半は変更しなかった。

人間とはなんだろうか

さて、取材者にこのようなインパクトを与えた林竹二の授業と青年藤倉義幸のインタビューの内容はどんなものであったか。

林竹二の「人間について」の授業では、よく知られているものとしては2種類ある。ひとつはビーバーの生態を材料に、人間の特質をとらえようとするもの、いまひとつは狼と生活していて発見された子どもの例から、人間とは何かを考えようとするもの、の二つである。都立南葛飾高校定時制でこのとき行われたのは、狼の群れの中で生活していたアマラとカマラという子ども二人の話を教材にしたほうである。

林先生の授業は（私も林竹二の著作や記録から学び続けてきたので、「林竹二は」と敬称抜きで書くのは心理的に抵抗がある。以後、「林先生」という言い方が混在することがある）、まず「蛙の子は蛙」という言葉を提出して、生徒たちに、これはどういう意味ですか、と問いかけて始まる。

次に、蛙の子はオタマジャクシで、親とは似ても似つかぬ生き物のように見えるが、成長するに従って足や手が出て蛙になる。いわばひとりでに蛙になる。そのことで比喩的に使われる言い方であることを確認し、そのうえで、林先生は「ここからが本当の問題になります。では〝蛙の子は蛙〟というのと同じ意味で〝人間の子は人間〟と言えますか？　どうですか」とニコニコ笑いながら問いかけるのである。

この授業は全国各地の小・中学校で行われ、沖縄県那覇市の久茂地小学校での授業が記録映画になっている。

番組でも始めの部分を使わせてもらったが、この林先生の2番目の問いは実に巨大な問いで、この問いあたりから子どもたちが考え込み、表情が真剣になって、教室には集中した空気が生まれていく。

多くの子どもたちは、当然「人間の子は人間だ」と答えるが、林先生は一つひとつ反論を加えて、子どもたちの発言を吟味していく。そして、当時紹介されていた、狼の中で発見されたアマラとカマラの例を出すのである。

この二人が、まるで狼のようであり、人間らしい様子にもどるのが極めて困難だった、という事実から、人間は人間として生まれればそれだけで人間になるのではないのではないか、という提起がなされる。そのうえでさらに、別の動物実験の例を提起して、人間は学ぶことによって初めて人間になる、という地点に、子どもたちと共に迫っていく。最後に、人間だけが自分の生き方を選択することができる、自分自身の努力で自分の生き方を選択できるのだ、と結ぶのである。

授業自体は大学の先生が静かに生徒に語りかける雰囲気のもので、それでとくに奇跡が起こるというようなものには見えなかった。しかし、生徒たちの内面には教師たちの予想を越えた〝事件〟が起こっていた。

生徒たちに林先生を引き合わせるのに中心的な役割を果たした同校の中谷（さるや）雄二教諭は、番組の中で「あの授業をみて僕は凄いというふうに思ったんではないと思うんですね。ぼくはそうじゃなくて、あの授業を受けている生徒を見ながら、これはたいへんなことだ、と思った」と回想している。

藤倉義幸君はそうした生徒のひとりだった。映像を言葉に書き取ってもなかなかニュアンスが伝えにくいが、番組の中のトークの一部を採録してみる。

　二時間目以降のアマラとカマラの話からケーラーの実験まで、そこから生まれて初めてくらい真剣に授業を聞きましたね。最後の「人間だけが人間の生き方を決められるんだ」というふうに林先生が言ったことばが、自分の心の中に響いたんです。

（2020年12月、筆者注：文中、林先生が教材として使った「狼に育てられた子ども、アマラとカマラ」の話は、後に調査によって真実ではない、ということが判明しています。ただ、林先生が授業で使用したことは有名な事実であり、授業のねらいが全体として「人間は学ぶことによって人間になる」という基本的な流れで展開されていたので、「授業記録上の事実」としてあえてそのまま紹介しました。この点、ご注意くださるようお願いします）

こんなふうに藤倉青年は話し始めた。彼の家では、両親が彼の赤ん坊のときに離婚し、母親は死んだ、と言い聞かされて彼は育った。父親が彼と彼のおばあちゃんを養うが、胆石があり、その痛みを抑えて働くためにモルヒネを使う。中毒になった父親はクスリが切れると暴れ、彼やおばあちゃんを殴り、家に鍵をかけて追い出すことがしばしばあった。追い出された公園で、おばあちゃんが、もう駄目だ、死のうと言ったこともあったが、そのとき、死にたくないと思った……。

放送のあと、私は何度か藤倉さんに会っている。インタビューから10年以上も過ぎ、もう社会人として生活しているが、控え目で謙虚な人柄で、おそらくこのようにあらためて名前をあげて文章にすることには難色を示されるに違いない。しかし、インタビューして以来、私は息子のような年代の彼からさまざまなことを考え、学ぶことができた。だから藤倉さんは私にとって年下の教師のような存在である。それにこのインタビューは全国に放送されてしまったし、今なおビデオを視聴する催しが続いている。申し訳ないがこうしたことも許してもらいたいと思う。

中学のとき、おばあちゃんが亡くなるが、その頃からぐれ始める。小学校時代から働かされたり、自分がいないとおばあちゃんが殴られるので、ろくに学校へは行っていなかった。全日制の高校へは行けず、南葛飾高校定時制に入学するが、シンナーを吸い、学校の屋上から消化器をぶちまけるという生徒だった。1年生のときに父親が亡くなる。ついに一人きりになった藤倉少年はそこから立ち直り始めるのだ。

親父が死んでひとりになって、しばらくはなんにも考えられなかった。ただ家でぼけーっと毎日してたんですよ。仕事もしないで。いろんなことを考えるんだけれども、どうしていいのかわからないんです。ただひとつだけ思ったのは、高校へ行こうと。定時制、せっかく入ってるんだし、とりあえず学校へ行って、それから先のことは行きながら考えようと思って、やっと少しずつ学校へ足が向き始めて、授業へも少しずつ出るようになったんですね。

藤倉さんは授業に出るようになって、クラスのことがしだいに見えてくる。気がつくとクラスには障害を持った生徒がいた。特に耳が聞こえない生徒が遠い所から休まず一生懸命通ってくることに衝撃を受けた。

「俺はなにをしてたのか、このままだったら、親父みたいにヤクザになっちゃうんじゃないか」と藤倉少年は思った。父親は好きだったし、殴られたけれども尊敬もしていた。でも、親父みたいな生き方はしたくない。自分がどうしたらいいのかと考えたときに、藤倉少年は自分にその事を気付かせてくれた、障害を持つ生徒に友だちになってもらおうと考えるのである。

最初はなかなか心を開いてくれなかったが、その級友がテレビ番組を観るために早く帰ってしまうことがあったとき、藤倉少年は、テレビと勉強とどっちが大事か、と本気になって級友に迫る。真剣に怒ったのである。そういうエピソードがあって、打ち解け、信用してくれるようになる。こうしたストーリーが積み重なって、少年がクラスとかかわり、教室に座れるようになった頃に林先生の授業に出合うのである。

自分もやっぱり正面向いて生きていこうと思いはじめたときに、林先生の授業があったんですよ。そういうときにやっぱり林先生が最後に言われた、人間だけが自分の生き方を決めることができるんだ、という言葉がすごい心にひびいたんじゃないかなあというふうに思いますね。

藤倉少年は、授業を受けるとすぐに林先生の著書『教育の再生をもとめて—湊川で起こったこと』（筑摩書房、１９８４年）を読み、感想を書いて林先生に見てもらう。

その時に林先生に本を頂いて、『若く美しくなったソクラテス』という本なんですけど、その中表紙に林先生がひとこと言葉を下さって、その言葉が「人間としてまっとうに生きる意志を失わないでください」と書いてあったんです。その言葉を読んだときに、人間の生き方を決めるということの、なんかこう答えが詰まっているような気がして、その時にああ勉強しなくちゃいけないな、と思って、まっとうに生きるってどういうことなんだろうと考えた時に、勉強しなくちゃいけないいな、と初めて自分のなかで大学へ行って勉強したいんだ、と思ったですね。……

藤倉君の番組でのトークはここで終わる。最初に林先生の授業に触れ、そして〝問題児〟だった自分史を語り、ゆっくりとまた林先生の授業との出合いの体験に戻る、心の中をのぞきこみ、一言一言かみしめるように語られたモノローグは、インタビューする側を粛然とさせずにはおかなかった。

ひとを殺さないために

林先生のメッセージは藤倉義幸という17歳の少年の心に、深く深く真っ直ぐに届いた。生き方の方向を定めてしまうほどに。

しかし、これは17歳の少年には苛酷なことだったと思う。「まっとうに人生を生きる」という覚悟をこのとき少年はしてしまうことになるのだから。

林竹二は南葛飾高校で「人間について」の授業を藤倉君たちにしたあと、ほぼ1か月後に再起不能の病に倒れ、1年後の1985年4月に亡くなる。藤倉君は再び林竹二の授業を受けることを願っていたが、その機会は永遠に失われた。「まっとうに生きる」とはどういうことか、限りなく重い宿題を出されたまま、少年は取り残されてしまった。

南葛飾高校定時制の教師・生徒たちと林竹二との出会いの記録は、2冊の書籍にまとめられている。林竹二編『授業による救い－南葛飾高校で起こったこと』『続・授業による救い』（径書房、1993年）。これは、少年時代の藤倉さんのように、義務教育でほとんど学ぶ機会を与えられず、高校教育から切り捨てられようとしていた生徒たちを抱え込み、そうした生徒に合わせた学校を作ろうとした教師たちの、熾烈な闘いの記録でもある。この記録は多くの人に読んでほしいと思う。

藤倉君はここに手記をよせている。それによると、彼は自らの覚悟に従って努力し大学へ進学した。それは学問の府である大学へ行けば、だれか別の人からでも林先生の話の続きが聞けるかもしれない、と思ったからだという。当然のことながら、それは満たされない。しかし、彼は自力で次のような認識に到達する。

> 長い大学生活（八年目）の中で僕が一つだけ自分で学んだと言えることとは、人間は死なないために勉強するんだということです。人間は自分が死なないために、誰かに殺されないために、誰かを殺さないために勉強するのだと思う。それが林先生のいう人間になるための勉強だと思っています。（『続・授業による救い』）

ここで言う「死なない」「殺す」というのは、勿論、生理的な生命を奪うことだけを必ずしも意味しない。生きながら殺されることも含まれる、と私には思える。差別され、傷つけられ、世の中から抹殺されることもあってはならないし、してはならない。そうしようとするものに対する闘いが不可欠であることも、このメッセージには含まれていよう。

文字通り生命を奪うことと考えてもいい。

20世紀は一面では大量殺戮の世紀であった。最大の被害は資本主義が生み出した帝国主義によってもたらされた。今も民族、宗教の対立から、人間と人間が殺し合う争乱が続いている。公害による被害によっても多くの生命が奪われてきた。こうした時代に、学問の究極の目的、時代の任務の核心をこれほど素朴かつ明確に規定した文章を他に知らない。これが、義務教育時代にほとんど学校から相手にされなかった青年によって書かれたのである。

彼は卒業論文のテーマに「田中正造」を選んだと聞いている。これは私の想像にすぎないが、田中正造を研究したということと、このメッセージとの間になにか連関があるのではないだろうか?

明治時代、足尾銅山から渡良瀬川を通して垂れ流しにされた鉱毒は、下流の広範な地域を汚染し、田畑は荒廃し生活は破壊された。それだけではなく、汚染された水によって健康被害が広がり、人びとが鉱毒によって命を奪われる状況までに到った。時の政府と古河鉱業の癒着と結託によって拡大した大規模な公害に対して、田中正造は国会議員時代からあらゆる政治的手段を動員して対決するが、後には鉱毒被害農民の一人となって、最後まで被害地に残留して闘う。正造は政府が人民の生命、財産を侵してはならない、という人民の論理をかかげて闘ったのである。こうした田中正造の思想と行動の根底には生命への愛があった。藤倉君が学んだ結論に、この田中正造の生涯の持つ意味が時代を超えて届いているのではないか。

授業を問いなおす

ここまでの文章では、肝心の林竹二という哲学者が、教育にたいしてどんな提起をしたのか触れないできたので、林竹二についてあまり詳しくない読み手には腑に落ちないところがあるであろう。

ここでは林竹二が、1970年代にかけて全国の小中学校を回り、300回を超える授業を行った、その実践を通じて教師たちに繰り返し語りかけたメッセージを、私のノートから抜き出して確認するにとどめたい。これらはいずれも筑摩書房刊・林竹二著作集7『授業の成立』、同8『運命としての学校』などの巻で展開されている。

林竹二は、まず子どもたちが授業の中で抱いている不安について述べる。その不安はどこからくるか。「こういえば教師たちは心外であろうが、教師は子どもとの関係では、権力者なのである。いわゆる成績の評価が、学校の教育活動の中で一種の中軸的な任務を負わされているかぎり、教師は権力者であることを求められているといえる」（著作集7『授業の成立』）

教師がこのように、制度的に〝原罪〟を持つ存在であることを指摘したあと、学校教育の中の授業のありかたに批判が加えられていく。

いまの学校教育の中では、相当数の子供が当然のことのように切り捨てられている。その切り捨ての上に、学校教育そのものが成立しているところに、教育空洞化の端的なあらわれがある。この事態にたいする直接の責任は、授業の質の低さに求めなければならないだろう。私が教育現場に向かって、執拗に、授業を根本から考え直すことを求めつづけたのは、学校教育の中の、子どもの不幸を見るにしのびないからであった。教師は子供たちの不幸にたいして、自分に加害責任のあることをほとんど気付いていない。そこに子供の不幸の根ぶかさがある。

（著作集８『運命としての学校』）

林竹二は、質の低い授業（一定のことを教えて、テストで計る、という、学校教育を覆っている大多数の授業）を「子どもたちがパンを求めているのに石を与えている」と厳しく批判して、授業とは本来どのようなものかを提起する。

私はよく、授業というものは何か一定のことを教えることではないんだ。そうじゃなくて、その子供が深いところにしまいこんで持っている力を探りあてたり、それを掘り起こしたりする仕事なんだ、というわけです。（著作集10『生きること学ぶこと』）

ほんとうの授業というのは、子どもが自分たちだけではどうしても到達できない高みにまで、自分の手や足を使ってよじ登っていくのを助ける営みです。（『授業の成立』）

子どもの求めているのは、いわゆる「わかる授業」ではない。その中に「学習のある」授業なのである。（『運命としての学校』）

こうした授業を成立させるために、教師は授業を厳しく「組織」しなければならない、と林竹二は言う。

授業の主体は、どこまでも子どもでなければならない。しかし同時に、授業は、教師がもっともきびしくそれを組織するときにだけ、成立するのである。（「授業の成立」）

私は現在の授業というものの大きな欠陥は、きびしい知的な訓練に欠けていることだと思います。（中略）子どもの発言をきびしい吟味にかけ、その吟味を通じて子どもを追いこんでゆく作業が、授業の中心になれば、子どもは自分の全心身をあげて学習にとりくみます。そして学ぶことが何ものにもかえがたい楽しみであることを、見事に感じとっているのです。（同）

このように林竹二の授業に関する発言を挙げることで、それに照らして、現在の多くの学校での授業を批判しようとしているのではない。それはこの小文の任務ではない。しかし、70年代に集中して発表された授業に関する問いかけが、いかに鋭いものであったかは感じてもらえるであろう。こうした授業についての提起が、全国の学校を回って自ら授業をする実践の行脚の中から語られたのである。70歳を超えて、しかも、いつ倒れてもおかしくない病身をおしての旅であった。

授業の可能性を

「授業巡礼」取材の際、林先生が仕事場として使っていたマンションの一室を見せていただいたことがある。そこには林竹二の全国行脚の授業を受けた子どもたちの感想文が、ていねいに、宝物のように保管されていた。

著作の中でよく引用される感想文の幾つかを掲げる。「人間について」の授業の感想である。

先生　きょうの　四時間目のへんてこなれきしのべんきょうか　りかのべんきょうかわからない　べんきょうをして、はじめてべんきょうのおもしろさがわかりました（中略）いままでのべんきょうは、てっていてきにしらべたことが、ありません。ただ答えをだしたら、それをおぼえて、りゆうを、かんたんに、考えて、終りです。（４年生）

……考えれば考えるほど問題が深くなっていく、私は勉強していてどこでおわるか心配になってきたほどだ。私はひとつのことをもっともっとと、深くなっていく考え方が、こんなにたのしいものかとびっくりした。（５年生）

私は林先生におそわってとてもたのしいと思った。私は林先生におそわったことを一生わす

れません。でもこんなにたのしいと思ったのは、はじめてです。（5年生）

林竹二は、教師たちに模範授業をみてもらおうと思って授業行脚をしたのではなかった。自身の授業で子どもたちになにが起こったのか、感想を読み合わせることによって、授業にはもっと別の可能性があることを教師に考えてほしかったのである。

しかし、ここに不幸なすれ違いが起こった。やはり、林竹二の授業をモデル授業のように考えて、その技術的側面を検討し、批判する教師たちが少なくなかったのである。あれは大学の学長だからできたのだ、とか、子どもたちの発言が少なく、講義みたいだとか、資料の提示の仕方が悪い、とかいう類の批判であった。

ともあれ、林竹二の授業行脚にたいする教育現場の反応は、林によればまったく冷たかった。これらは、美しいものを指し示しているのに、そちらは見えないで、指し示している指の形が気に入らないと言うに等しかった。

老哲学者は大多数の教師たちに絶望し、やがて学校を回るのを止める。そして、最晩年は藤倉少年たちのいた南葛飾高校など、ごくわずかの学校に入るのみとなっていく。

「林竹二について学ぶこと」は意味がない

林竹二がなにを言ったか、について少し引用が長くなった。こうした作業をしている私を問い詰めるように、ある言葉が響いてくる。先に紹介した藤倉義幸青年は、その後、林竹二の映画会や集会で講演を求められることがあり、私も何回か彼の語るのを聴いているが、そこで彼はかならず次のように言う。

「林竹二」を学ぶことに意味はないんです。林先生がどんなにすごい人だったかっていうことを勉強することにまったく意味はないと思ってるんです。それは時間の無駄だと思ってて、そうではなくて、竹二が生きてきた、やってきた事って何なのかっていう事を考えてほしいっていうことなんです。

藤倉君は、入った大学で、林竹二の専門であったソクラテスに関する講義を、別の学者から聞くこともあったという。しかし、それは全くちがうものだった。

大学の先生のは知識なんですよ。この人言ってることと自分がやってることは絶対違うはずだ、どんなきれいごと並べても、この人自分はそういうふうに生きてない。ぼくにはそういうふうに聞こえるんですね。でも林先生は本当にそう生きちゃったんですよ。ソクラテスや田中正造の中から学んだ事を、自分が大事だと思ったことを、大切にしながら生きてしまって、そういうふうに生きてる人の言葉と、知識として語ってる人の言葉は、やっぱり僕の中では重さが全然違いました。（1998年2月、茅ヶ崎市での集会で）

おそろしい発言である。いったいこの青年の眼差しに耐えられる教師、知識人がどれだけいるだろうか。

私はこの小文の初めの方で、林竹二を読み始めて思わず座り直した、とんでもない人物を番組でやろうとしている、と畏れに近い気持ちを抱いた、と書いた。その理由を藤倉青年のこの発言が見事に指し示している。

番組開始時に抱いた畏れは、この人物について取材する際、取材者もまた問い返されるに違いない、ということに由来していた。取材者はいつもの番組でのように、観察者として安全な所にいることはできないだろう、という予感があった。そして事実、藤倉君という青年に会うことで、16分のモノローグの問題が生まれ、番組が、取材者が、問い直されるということになるのである。

番組「授業巡礼」のその後

この番組「授業巡礼」は、私が担当した番組の中では放送後にさまざまに利用され、視聴されたという点で異例とも言うべき経過を辿っている。

私自身も、時々依頼される講演の中で、この番組を観てもらいながら講演をする機会がけっこう多かった。もう10回以上にもなろうか。１９９８年11月には、広島のある町と小学校の主催する実践公開でやはり「授業巡礼」を観てもらって話をした。こういう機会には例外なく、何人かの参加者の、涙を流して観ているすがたがある。

人びとに感動を与えるのは、林竹二という哲学者が現代に与える切実なメッセージであるが、林竹二に深く心を動かされた青年のひたむきさもまた視聴者に強く働きかけた。

かつて「不良」と言われた青年の16分ノーカットのモノローグ。こうした若い魂の発するメッセージが観る人びとを捉えたに違いない。

しかし、番組としては恐ろしく整合性とバランスを欠く異様な構成であって、担当者がおかしくなったと言われかねない番組であった。ところが、まさにそのこと故に、まるで素材そのものが提示されたような部分があることの故に、番組は例になく長い生命力を持つことになったと感じる。もとより大特集ではなく、定時番組のラインナップに埋もれてしまっている番組ではあるけれども、規模は小さくとも、このような不思議なパラドックスが働いていることは興味深いのである。

ドキュメンタリーの取材、制作過程で担当者をまず苦しめるのは、「物語ること」と「映像」との葛藤・矛盾である。この指摘は、映画作家ヴィム・ヴェンダースによるが、とくに、撮影したものから物語が必然的に生まれてくるのではなく、最初に物語があって映像がそれに従って編集されるときは、厄介な問題が生ずる。整合性のあるストーリーにしようと作業すると、多くの魅力ある映像を分断したり、短縮したり、時には排除しなければならない、ということが必ず起こってくるからだ。

切ればさまざまな意味を喚起する映像を、できるだけそのまま提示したいのだが、ときにそれは「物語ること」の要請と衝突する。観客にわかりやすいストーリーを提供しなければならない、という要求が映像製作者の外側から強く加えられる。とくにリビングに入りこむテレビというメディアでは、この圧力は強烈である。

したがって、多くの番組は、スタッフが事前に描く、「構成案」というストーリーにしたがって取材を進め、現実の中から、そのストーリーに適合するものだけを選択的に収集して並べる、ということが行われがちだ。

藤倉君のモノローグに関して言えば、この部分に限ってのことだが、私は番組を意図的に構成すること、つまり「物語る」という作業を放棄した。後で考えると、いわば「映像を提示すること」に徹したわけだ。これは長いディレクター生活のなかで、実に希有な体験だった。

実際にはそんな重大なことではなくて、45分の「授業巡礼」という「物語」をやっぱり作ったのではないか、と見られるかも知れない。しかし、そのときの私が「自分が物語ること」を放棄した、と感じたことが私にとっては重要なのである。

この体験はまた、取材者と出演者との関係を問いなおす機会にもなった。長いインタビューや撮影を行い、その中から取材者に都合のよい部分を切りきざんで使う、というのが番組の通常であるが、そのことを厳しく拒否するインタビューに遭遇して、私は考えこまずにはいられなかった。自明のことと考え、疑いも持たなかった手法に疑念が生じたのである。だからといって、これ以後制作の手法を180度転換した、というわけではない。映像作品が、編集すること、撮影したものの多くを捨てること、によって生まれるという原則は変えようがないからである。

しかし、「編集すること」が持っている一種の傲慢さや不遜について、いつも意識していることは取材者の欠かせないモラルである。そのことへの畏れと懐疑を持っていなければ、時に重大な誤りを犯す危険がある。出演者が抱えている事実をありのまま見ること、それにたいする謙虚さがなにより取材者には求められるのである。

「授業巡礼」制作体験と、そのあとのさまざまな反響はうすうす感じていたそのことを、否応ないかたちで痛切に気づかせてくれたのである。

林竹二によって提出された有名な命題に「学んだことの証しは、ただ一つで、なにかがかわることである」というのがある。「学ぶということは、覚えこむこととは全くちがうことだ、一片の知識が学習の成果であるならば、それは何も学ばないでしまったことではないか」と哲学者は言う。

林にあっては、学ぶとは、学ぶ前の人間と違う人間になるということであった。なにかが、その人間の中で変わらなければ、その人間がほんとうに学んだことにはならない。私は取材を通じて、林竹二と出会って学んだ人びとの中に、そのような「学び」のすがたがあると感じてきた。それに比べて自分はどうか？　私たちは番組のために何かを「学ぶ」ことはある。しかし、それは一つの番組を成立させるに必要な限りでの「勉強」にすぎなかった。これは、教師が、1時間の授業のために間に合わせるだけにやる、簡単な教材研究に似ている。

林竹二に関する番組ではそれでよかったのか？　私のようなサラリーマンディレクターはそこまで考えなくてもよいのか？　いまだに自問が続いている。

幸せなことに、私はその後も、林に出会った人びととの交遊が続き、教えを受けているが、そうした折り、よく思い浮かぶのは林竹二の著書『若く美しくなったソクラテス』の一節である。プラトンが『パイドロス』の中で、ソクラテスに語らせている言葉「ひとがふさわしい魂を相手に得て、その中に弁証法的技術をもちいて、魂の中に知識とともに植付けられた生きたことば」という部分を、林はとりあげている。

本当の知識を持つ人は、弁証法的な方法、すなわち対話や問答の方法を用いて、おのれの種子（ことば）を植えつけるにふさわしい魂をとらえる。そして、正しく植えつけられた「ことば」は、一定の時間ののちに芽ばえて、やがて実をつける。魂の中に蒔かれた種子が育ち、結実する、と林は書き、そのような関係をソクラテスとその弟子プラトンに見た。

ここを読むと、老哲学者の授業行脚の実践を調べた人ならだれでも、「種子を蒔く人」と「植えつけられた人」との関係を、林竹二と林に出会った教師、生徒たちの関係に重ねてみたくなるであろう。とりわけ、なぜ学ぶかについて「人を傷つけないために、人を殺さないために勉強する」と言い、「林竹二についての〝知識〟は無意味」と言い切る青年のすがたに、私はその植えつけられた種子のその後を見る思いがするのである。

授業の中で青年と出会うということ

「大学生は小学生なのか」

私は２００２年４月、小さな私立大学の教員になりました。テレビ局を定年で退職して３年経っていましたから、世間でいう再就職ということになります。

担当するのはメディア、情報関係の３科目の授業、それに学年ごとのゼミです。研究者としての訓練も、教員の経験もない実務家あがりの教員ですから、骨の折れる仕事ですが、経験することすべてが新鮮でした。

高校を卒業して大学へ進学する生徒は、短大・大学合わせておよそ50％にも達しています。高校卒業生の二人に一人は大学に行く時代なのです。この時代に、旧来の大学のイメージで学生をとらえようとすると、戸惑うことばかりです。大学に就職した私を待ち構えていたのも、そのような様変わりした大学の、とりわけ学生たちのすがたでした。

現代の大学と大学生に対する世間の目は相当にきびしいものがあります。学生については、学力低下などは言うもおろか、深刻な問題は恐るべきモラルの低下だとされるに至りました。

朝日新聞社発行の雑誌『アエラ』２００２年12月23日号が「大学生は小学生なのか」という特集を組んでいます。そこでは、名の通った私立大学の学生のマナーの悪さ、モラルの低さが、いくつも報告されていました。

ある大学では、最寄り駅から大学までの間の住宅街に学生が進入するのを禁止し、通学路を指定しました。進入を防ぐため、道路に警備員を配置して学生を誘導します。これは、学生が住宅地を通るとき、騒がしいのとゴミの投げ捨てなどが目に余るからだというのです。

その他の大学でも、キャンパス周辺に、タバコや空き缶の投げ捨てが目立ち、大学でゴミ拾いを始めたと言います。

キャンパス内のマナーの悪さも深刻です。

首都圏にある６つの大学の学生たちが学生１０００人に行ったアンケート調査では、授業中に居眠りするのは82・２％、メールするのは80・５％、おしゃべりするのは76・７％、という結果が出たと紹介されています。また、早稲田大学のような、名門とされる大学でも、この特集記事は次のように書いています。

「そこ、話をやめてくれるかな」

授業中、そんな教官の声が大教室に何度も響く。遅刻してきたのに平気な顔で、がやがやとしゃべりながら入室してくる学生も少なくない。……

そして、記事は「マナー指導に関しては、もうレベルを下げようもないところまでやっている」とか、「大学生は高校生に近くなっている。子ども扱いするのは当然」といった大学関係者の嘆きを伝えていました。

このような現象は、かなり前から盛んに言われていて、目新しいことではありません。多かれ少なかれ現代の全国の大学で長く続く共通した現象のようで、私が今いる大学も例外ではないのです。

学生の生態に関するこの種の指摘は、繰り返し繰り返しメディアを通じて流布されてきました。事実としてもその通りですから、異議を唱えるつもりはありません。

しかし、この種の学生観、青年観には、根本的に欠落したものがあるように思います。いわば、「外側から」青年をとらえ、批判する、というステロタイプの議論の中に、青年をとらえる眼差しの冷たさを感じないではいられません。

以下この小文で、このような大人の視野には入っていない学生のすがたを、新人教員1年の体験から、少しでも明らかにしたいと思います。

「大学教授」という難問

老後の第二の人生を、大学の教室と研究室ですごし、青年たちの教育にあてる、という機会を得たことは、一般的に言えば幸運と受けとめられるでしょう。しかし、言うまでもなく人生はそんなに簡単ではありません。

私も簡単なことだとは思っていませんでしたが、この職業は本気でやろうとすれば直ちに修羅場になるというのが就任後1年間の体験からくる実感です。

「修羅場」というのは穏やかでない表現ですが、なにか破滅的な状況があるとか、激しい闘争があるとかいう意味の「修羅場」ではありません。そうではなく、教員がこれまでの経験では対応できず立ち往生するとか、自分の人間性に深い疑問を抱かされるとか、どちらかというと教員の内面に起こる修羅場です。外からは見えないたぐいのものです。ではどうしてそうなるのか。

大学というところは、小学校から半ば義務教育化した高等学校まで、12年間、日本の教育を受けてきた青年たちを引き受ける最終的な教育機関です。彼らは、一人ひとり、日本の後期中等教育までのマイナス面もプラス面もその中に凝縮して持ちながら、大学に入ってきます。また同時に彼らは家庭や地域で育てられた人間でもあります。

大学の教員は、そういう、青年たちが体現している日本の教育そのものと向かい合うことを、否応なく要求されます。その際、高校までの教育の、むしろ荒廃と言ってもよいと思いますが、マイナス面に、学生の状況を通して直面させられることが多いように思います。

もちろん、責任を高校までの教育に転嫁することはできません。大学もまた日本の教育に重大な責任があります。高校教育が大学入試の存在によって歪められてきたのは周知のとおりの事実で、その意味では大学は「加害者」ですが、同時にそのような教育によって、学ぶ意欲や意志をスポイルされた学生を受けいれざるを得ないという点では「被害者」でもある、という皮肉な巡りあわせの状況が生まれているわけです。

大学の日常はごく穏やかなものです。しかし、教員の内面の「修羅場」が常に隣り合わせで存在する理由のもう一つは、これは大学に限らないのですが、扱っているのが生身の人間であるということです。とりわけ大学では、はげしく成長する時期である青年期の人間が相手です。そのような青年たちとの日々の付き合いが、絶えず教員の人間性のありようを問うてくるのは避けられません。

教育という作業は、魂の面倒をみることだ、という言葉があります。恐ろしい任務ですが、メディアにいたというだけで定年後教員になった私のような未経験の人間も、永い経験を持つベテランの教師も、教育の本質的な任務は変わりません。重要なことは、魂の面倒をみる、というために、こちらの魂も裸にして向かいあうことが要請されるということでしょう。

「沖仲仕（港湾労働者）の哲学者」として有名なアメリカの社会哲学者エリック・ホッファーのアフォリズム（警句）の中に、次のような一節があります。

> 社会秩序というものは、才能と若さに将来の見通しを与えているかぎり安定する。若さはそれ自体がひとつの才能――こわれやすい才能なのである。

現代の日本の社会が、才能と若さに将来の見通しを与えているかどうかは大問題ですが、そのことはおくとして、私がうたれたのは、ホッファーが、若さはそれ自体ひとつの才能なのだ、と言いきっているところです。才能のある若い人がいる、というのではなく、「若さ」そのものが才能だというのです。しかも「こわれやすい」と言っています。

「若さ自体が才能」だという意味は、青年期の人間の本質的な特徴を言い当てています。青年は本来、感受性が鋭く豊かで、学んで自分を高めたいという希求を強く持っている存在だということでしょう。一見そうではないように見える青年が多い、という正直な印象がありますが、よくよく観察すると、内部の深いところに本能的ともいえる感性の鋭さを隠している、ということに気づかされる場合があります。

感受性と、学ぶことへの希求、すべての青年にこの二つの能力が備わっていると信じる理由は、これがなければ社会で生きていく力を身につけることができないという意味で、青年にとっては生存にかかわる、死活の必要性を持つ能力だからです。

教師をはじめとする大人は、このような眼差しで青年をとらえているでしょうか。

「格闘技」としての授業

青年にたいする右のような見方が必要だ、とはわかっているのですが、実際の教室での私のふるまいは、この理想とは程遠いもので、怒ったり嘆いたり、学生を威嚇したりで、さまざまにぶざまなすがたを晒しています。

教員になっての初年度、私も先に紹介した『アエラ』の特集記事にあるような学生の生態に出合い、その洗礼を受けました。

私のいる大学は、講義は半年単位で行われ、年度の前期、後期ごとに講義科目が組まれています。私は前期1科目、後期2科目の授業を担当しました。

前期の科目は受講する学生が少なく、常時50人前後の出席でしたから、多少私語や遅刻はあったものの、比較的平穏に授業を進めることができました。

しかし、後期の2科目は、ともに常時150人ほどの出席者があり、授業は大教室で行わざるを得ませんでしたから、大学の教室で典型的にみられる困難な状況に私も遭遇することになります。

とくに、講師が学生にとってまだ未知数で、なにをやるかわからない、という講義の初期の時期は学生も落ち着きません。10月の初め、後期の授業が始まったばかりの時期の私の日記には、教室の混乱した状況が書かれています。

非常に恥ずかしいのですが、一部引用します。

10月○日　授業第1回、手を焼く。携帯が鳴る。あちこちでしつこいおしゃべり、グループで平然と遅れて入ってくる者。途中教室を出て、終わり頃また入ってくる学生たちもいる。大教室、非常に困難との印象。

汗が流れ、声が涸れる。再三注意しても改善されない。

授業の終わり頃、感想を書かせる。周りの教室がまだ授業中なので、書き終わっても一定時間教室にとどまるよう指示。

　ところが、教室を出入りしていたグループのうちの一人がつかつかと教壇のところにやってきた。感想文を出して出て行こうとしたので「まだ授業時間中だ。待てと言ってるだろう」と制止したら、彼、「学食がなくなる」と抗議。この授業は昼に終わる時限なので、早く行かないと食堂のメニューがなくなるというわけだ。

　これから展開する授業は、このようなタイプの学生にこそ聴いてほしいのだが、私の力量、人間性からみてほとんど絶望的だ。……


　少々感情的な記述ですが、大学と学生たちの名誉のために、また私の名誉のためにも付け加えておきます。このような状態がすべての授業で、終始あるわけではありません。程度の差をふくみつつ、この大学の日常の授業の大部分は普通に運営されているのです。

　一見、秩序に問題があるかにみえる状況でも、講義しながら目を凝らしてみてみると、実は大部分の学生は静かに耳を傾け、授業に参加しているのがわかってきました。おしゃべりを続け、不規則な行動をとる学生も、回を重ねるにつれて、少しずつ授業へ集中するグループへ移行してきます。

　私の授業では、毎回その日の内容について考えたこと感じたことを、感想文の形で学生に書いてもらっています。それを出席票がわりにしているのですが、初めの頃、「学食がなくなる」と言って出ていこうとした学生も、講義の後半の回には、なかなかいい感想を書くようになります。

　そのような変化をもたらす要因は、なによりも教材の持つ力とリアリティであり、その教材を媒介に授業者と学生の間で対話、応答が成立していくことだと言えるでしょう。この際の対話とは、必ずしも実際の言葉のやりとりを意味しません。一方的に教師が講義していても、その内容に本質的な、しかも考えがいのある問いが含まれていれば、学生は聴きながら次々に問いを自らに投げかけ、追求していきます。それもまた、対話、応答と言うべきでしょう。

さらにこの際、教材を媒介とした授業者の問いかけが学生に届くために、最重要の条件があると思います。それは、授業者の内部に、授業で扱うテーマに関して、これだけはどうしても学生に伝えたい、という強いメッセージが形成されていることです。これがなければ、どんなにテクニックを弄しても多数の学生の視線を教師に集めることはできません。以上のようなさまざまな要素が相俟って授業が成立していくわけです。

こうした理想的な状況には至らないのですが、私が授業する教室も、11月、12月と進むにつれて、落ち着いてきました。メディアに関連しての授業は、インパクトの強い映像素材が利用でき、あつかう事例も深刻なものが多いので、学生も次第に集中してきます。

たとえば、ラジオというメディアの特質を考えさせる事例として、アフリカのルワンダでラジオの煽動で80万人が虐殺された例をとりあげましたし、メディアの倫理の問題ではTBSがオウム真理教幹部に坂本弁護士のインタビューテープを観せ、それが坂本弁護士一家の殺害につながったのではないか、という疑惑を生んだ事件、などを、関連番組の一部を引用しつつ提起しました。

こうした授業では、私なりに学生に伝えたい強固なメッセージが当然あります。不思議なことに、そういうときは学生に言葉が届き、授業の一定の時間、水を打ったように学生が静まり返る、そのような状況が生まれるのです。これは本来は当たり前であるべき姿なのですが、やはり感動します。

しかし、ちょっと気をぬいたり、教材の位置付けがあいまいだったりすると、すぐに元の状態に戻ってしまいます。私のような60代半ばの老人からみれば、一人ひとりの学生はみんな可愛らしいものですが、群れになるとなかなか落ち着かない、ということがよくあります。そうした学生も授業に参加できるような授業をつくるには、それこそ、獅子奮迅、七転八倒の努力が要請される、というのが実感で、大学での1年間の偽らざる印象は、授業はまさに格闘技だということでした。

永い間テレビ局にいて、定年までの10年ほどは、学校現場の取材を多く体験し、その経験をもとに、教師の方々を対象に講演などをさせられる機会が多々ありました。

取材中も、講演するときも、先生方を相手に、教材研究がだいじだとか、授業というものは本来こうだ、といったたぐいの話をしていたことを思い出すと、恥ずかしさに汗が滲みます。外側から教師の仕事を「取材」し、「評論」するのと実際に教師として仕事をするのとでは、授業の困難さの認識において、天と地の違いがあることを、身に沁みて体感させられた1年でした。

何のために学ぶか

学力低下、モラルの衰弱、といった、学生たちについて語られる言説は、たしかに事実を反映しています。しかし、これはどこまでいっても現象の説明にすぎません。

私はこの現象の底に、よく言われるように「学ぶことの意識の衰弱」があるのは確かだと思います。

研究室に遊びにきた学生と話したり、困難な状態にある学生の相談に乗るなどの機会に、つくづくと感じられるのは、「学ぶ」ということについて、その意義を見失っている学生が多い、ということです。

何のために大学で学ぶのか、という問いに、明確に答えられる学生はあまりお目にかかったことがありません。

大体の答えは、「今の時代、大学ぐらいは出ておかなければ、と親に言われたから」とか、「就職に役立つ資格をとりたいから」とかいうのが多いのですが、中には「ほかにいくところがないから」「人生で遊べるのは大学生の間だけだから」というのもあります。

つまり、「学ぶ」目的が、常に学生の「外側」にあって、内部にはない、ということです。しかし、こうした答えが返ってくることで青年たちを責めることはできません。

人間の意識には、その人間をとりまく社会的諸関係が反映しており、学ぶことの意味を見失わせているのは社会であり、彼らを育てた大人であるからです。

私は、現在の教育の不幸は、「学ぶ」ということが広範に「手段化」していることにひとつの原因があると思ってきました。それはどういうことか。

ひとりの人間が「学ぶ」ということは、本来その人の「人格の形成」を目的に行われるべきで、教育基本法も教育の目的は「人格の完成をめざす」ものだと明確に規定しています。しかし、このことが空疎に響くほど、現代社会では「学ぶ」ことが人生の「手段」になってしまっています。

「試験に合格するために」「親を満足させるために」「就職するために」等々。

元宮城教育大学学長で哲学者の林竹二という先生がいました。林先生は1985年に亡くなられましたが、晩年、老躯をおして全国の小・中・高校で授業を行い、日本の教育のありようを厳しく問い続けたことで知られています。その林先生が、「学ぶ」ということについて書かれた次のような文章があります。

日本では昔から「己れのための学」と「人のための学」とを峻別しました。前者が実学です。実学とは実用の学ではなくて、その人間がいかに在るか、いかに生きるか、人に対してどう対するかを決定する力になった時、それが真実の学であると考えたのです。（中略）「己れのための学」について言えば、これは自分の利益とか何とかではなくて、己れ自身を形成する学問です。論語のなかに「古の学者は己れのためにし、今の学者は人のためにする」と書いてあります。人のためにするというのは、人に見てもらい、評価されるために学問をするということで、今日の学問はまさにそういうふうになっています。そして不幸なことには、自己自身を不問にした、いわゆる客観的な学問が学問だ、科学だということにもっぱらなってしまっています。（林竹二『学ぶということ』筑摩書房・著作集第10巻に収録）

学問は「自分のために」するものだ、という主張の「自分のため」というのは、利己的な意味ではなくて、自己形成のため、という意味です。当然のようにみえるこの主張が、事実上ほとんど省みられていない、というのが教育現場の実情ではないでしょうか。

したがって、林先生にあっては、学ぶとは自分を作りかえることでした。そして、よく引用される次のような有名なテーゼとなります。

学ぶということは、覚えこむこととは全くちがうことだ。学ぶとは、いつでも、何かがはじまることで、終わることのない過程に一歩ふみこむことである。一片の知識が学習の成果であるならば、それは何も学ばないでしまったことではないか。学んだことの証しはただ一つで、何かがかわることである。（林竹二「学ぶということ」国土社『学ぶということ』に収録）

強いインパクトを持って人々の心に刻まれたのは、最後の「学んだことの証しはただ一つで、何かがかわることである」という言葉でしょう。

ここで「かわる」というのは、いうまでもなくものを見る見方・考え方が変わり、生き方が変わるということです。林先生のこの言葉が衝撃的だったのは、「学ぶ」ことと「人間が変わる」ことが、直接結びつけられていて、自らを問い直し、作り変えることを伴わなければ学問をしたことにはならない、という強固なメッセージが含まれているからです。ここには、「学ぶ」ということを何か実利的な手段として矮小化する傾向にたいする厳しい抗議があると思います。

このような観点に立つとき、大学はどのようなものでなければならないか、また、学生はどうあるべきなのでしょうか。

宮城教育大学学長時代に、入学式で新入生に対して行われた告辞の中に、大学というのはどんなところか、という原則的な主張があります。林先生の告辞は1970年4月のもので、国土社『学ぶということ』に収録されています。その中から幾つか重要と思われるメッセージを抜き出してみます。

大学という共同体の本質なり魂を形づくっているものはなにかといいますと、それは学ぼうとする意志における共同、この場合は教師と学生とが同じように学ぶ意志を持っている、その意志における共同によって結ばれているということ、それが大学という共同体の魂だと私は考えております。

続いて林先生は大学は独自の世界、いわば「別天地」でなければならない、と主張して、次のように言います。

それは、学ぶ意志というものにむすびついて真理を真理として、あるいは真実を真実であるが故に、尊重する精神、あるいは真実を何らかの利益のためということを離れて真理自体のために、真実そのもののために追求するという精神、それが大学という世界を他の世界から区別する原理ではないかと考えます。

さらに林先生は、そのような大学になるために、学生の側の学問への意志が重要だとし、学生がいかなる学生であるかは、大学がどれだけ生命と充実を持つか、にたいして、決定的に大きく深い関係があると言います。

いかなる学生であるか、ということは、ただその学生がどれだけの能力を持つか、どれだけの知識を持つか、ということだけではなくて、むしろ、それよりも、どれだけつよく、あるいは素朴に、学ぶことの意志を持っているか、あるいはその意志にみちびかれた主体性なり自発性なりを、どれだけ持っているかということが問題なのです。（中略）

私は大学とは知識を仕入れるところではなく、学問をするところだと考えたいのです。学問という場合、「学」は学ぶこと——自分のあり方を変える努力であります。「問う」ということは問い続けること、追い求めることで、いずれにしても、どこまでも自主的で継続的な努力を抜きにしては成り立ちません。

大学はそういう学問の場で、学校ではありません。ですから受身に教室で学習に忠実であればよい学生であるという安易さは大学では許されないのです。

これらの言葉は学生に対しての呼びかけですから、学生の自覚を促すという立場で言われています。しかし当然のことながら、そのような学ぶ意欲と意志を学生の中に作り出していかなければならない、大学の責任と任務の表明でもあります。

「学ぶ」目的は人格の形成であり、大学の任務は真理の追求である、という林先生の主張は、現代の大学をみるとき、また、最近の学生の実態をみるとき、あまりに理想論であり、旧世代の知識人の大学観をそのまま紹介するのはアナクロニズム、時代錯誤だという批判が成り立つかもしれません。

しかし、現在、学生たちは、産業界の要請に応えて、企業に役立つ人材になるとか、社会へ出て役立つスキルを身につけるとかいうレベルでしか「学び」をとらえていないのではないか、そうだとすれば不幸なことだと思わざるを得ません。

もちろん、企業に役立つ人材になるため、パソコンや語学をはじめ、さまざまな能力を身につけることは重要で、生きて生活していくために必須の努力です。しかし、「学ぶ」ということを、何かの手段として限定してしまうと、青年たちは真理を探究する奥深い喜び、自分が学問をすることで、成長し、変わっていっていると自覚できる大きな喜びから隔離されてしまうのではないか、そんな残念な思いがあります。

隠された「学びへの希求」

このような思いから、私は、なんとか林先生のメッセージを学生たちに伝え、その反響を受けとってみたいと考えました。そこで、就任初年度の3種類のすべての授業の第1回で、林先生の言葉を学生にぶつけてみることにしたのです。その際、私が担当した番組「授業巡礼」を部分的に引用し、学生に視聴してもらうことを併せて行いました。

「授業巡礼」は、前半で、小学校で行われた林先生の授業「人間について」の一部を構成の中に組みこんでいます。林先生は子どもたちに、「蛙の子は蛙」という諺を持ち出し、そのような意味で「人間の子は人間」と言えるだろうか、という重大な問いを子どもたちにぶつけました。

大部分の子どもたちは「人間の子は人間だ」と答えますが、林先生は、オオカミに育てられた子どもが、とても人間とは言えないような動物のままの状態だった、という事例を提起して子どもたちを驚かせます。そしてこの事例を含めて、人間はそのままでは人間になることができず、学ぶことによって初めて人間になるということ、人間だけが学ぶ意志を持って自分の生き方を決めることができるのだ、と授業を展開します。林先生に問い詰められ、深く考えこむ子どもたちの非常に美しい表情が印象的な記録映像でした。

番組の後半は、林先生が東京都内の定時制高校でまったく同じ授業をしたとき、その授業に出席して激しい衝撃を受け、大きく変わった元非行少年のエピソードを紹介しました。

この番組のいわばサワリの部分と、林先生の「学ぶということ」の幾つかの言葉を学生に紹介し、私の思いも語ったうえで、全員に感想を書いてもらいました。

とっさのことで、感想を書く時間も短く、決して練られた文章のものではありませんが、学生の正直な心のうちが感じられるものが多く、強い感銘を受けました。少し長くなりますが、そのうち2編だけ抜き出してみます。

現代の学校の先生というのは、型にはまったものを教えるという教師が多いような気がする。その中で林先生は、今でも受け継いでいかなければならないような授業を行う。意外と先生というのは「あたり前なこと、人生にとって大切なこと、人間にとって必要なもの、その人間とはなにか」ということは教えてもらえない。

世の中でいう「不良」と呼ばれる若者を変える力をもつ林先生の「人間について」の話を、私も詳しく聞いてみたいと思った。今はもう亡き林先生の言葉によって、この大学の中にも、授業中の私語をする者も、単位だけのために大学へ来る者も、絶対に減ってくれると思う。自分の人生のために大学へ来る学生が増えるためには、やはり林先生のような教師がたくさん必要だと思う。

数学の方程式よりも、人生についての勉強を受けてみたい。今の私は、大学で学んだことはまだ、ただの方程式だけだ。私も大学で学んだことは「人間」について学んだことと言えるような大学生活を送りたい。（2年女子）

林先生の授業を受けたいと率直に思った。林先生が言った「授業で大切なことは子どもたちの中に事件を起こすことだ」ということにすごく感動した。

今の学校の先生は「大学は知識を仕入れるところで、学問をするところではない」といっている気がする。だから生徒はつまらなくなってしまい、やる気も興味もなくなってしまうのだろうと思う。

逆に林先生は「大学は知識を仕入れるところではなく、学問をするところである」と言っている。だから生徒は興味を持ち、授業に集中することができるのだと思う。

要するに心だと思う。林先生には心がある。だから生徒の心を打つ。心が大事だと思う。今の先生達は熱意があっても心がないから、生徒も興味がもてないのだと思う。（2年男子）

恐らく学生たちには、林竹二という哲学者の名前は初めてだったと思いますし、番組のビデオもかつて観たこともないようなタイプのものです。しかし、これらの学生の感想を読んでいくと、実に正確に、しかも豊かな感性で林先生の授業の持つ意味、番組の意図を受け止めているのに驚かされます。

また、多くの学生に見られるのは、これまでの、そして現在受けている教育にたいする、強い不満です。まるで授業者の私に向けられているような批判です。

感想の一番目の「数学の方程式よりも、人生についての勉強をうけてみたい」という女子学生の言葉に悲痛な叫びのようなものを感じるのは私だけではないでしょう。

私はこのような感想に接して、青年たちが、実はほんとうの「学び」を求めていること、現状に深いところで満足していないことにあらためて気づかされました。

モラルの低下、学力の低下、というステロタイプな視点だけではなく、青年たちの内部に渦巻く不満や要求を丁寧にみていく必要があると痛感しますし、同時に、このような感想を書く学生の存在に大きな希望を感じました。

「途上にある者」としての青年

学生―青年にたいする社会の視線で、欠けているのではないか、と思うもう一つは、青年を常に変化する者、いわば成長への「途上」にある人間としてとらえる観方でしょう。私たち大人は、青年の否定的な行為、現象に接して、ついそれを固定的に見、ダメな青年だ、と分類しレッテルを貼って、あとは考えない、という傾向があるように思います。

しかし、18歳から22歳位までの青年期は、どんな青年も、多かれ少なかれその内部で疾風怒涛ともいえる精神的変化を経験する時期です。講義をしているだけではなかなか見えてこないのですが、青年が変化の時期にあるのだ、と窺い知ることはないわけではありません。

前述のように、私は毎回の授業でその回に考えたこと、感じたことを感想文の形で提出してもらっていますが、わずか4か月くらいの講義期間に、初期の感想が次第に深まり、より長文になる、という学生の例をいくつも経験しました。一例をあげてみます。

情報と社会との関係をテーマにした授業の第1回のときのことです。林竹二先生を紹介した番組「授業巡礼」を観せたときの学生の感想は、先に見たように、ほとんどが番組の内容について肯定的な立場で書かれていましたが、ひとつだけわずか3行の感想が目をひきました。それは次のような文章です。

親のようになりたくないだの尊けいしとるけどとか自分かってなやつがいたな　南かつにいく学費どうせ親がだしとるくせに。あと林さん日本のきょういくにもんくあるなら外国いけ（2年男子）

すこし解説が必要でしょう。「授業巡礼」に登場した青年は、モノローグで、たびたび暴力を振るったヤクザの父親について、「尊敬はしてたけど、父親のようにはなりたくない」と語り、学校に足を向けるようになります。「南かつ」とは、青年を立ち直らせた教師集団がいた東京都立南葛飾高校定時制のことです。「林さん」以下の文章は、番組で林先生が日本の学校の状況に絶望した、という趣旨のナレーションがあったことを受けています。

ただこの感想文で、「学費どうせ親が」というくだりは学生の誤解で、番組の青年が林先生の授業を受けたときは父親も亡くなり天涯孤独でした。昼間新聞販売店でアルバイトしながら定時制に通っていたのです。

この感想文を見つけたとき、私はなにか宝物でも発見したように嬉しくなりました。内容は事実上私の授業を罵倒するものですが、ここには裸の魂の表現があります。講義で私が語りかけたことに対し、自分の名前を明示した感想文でこれだけのことが書かれているのです。

この感想を書いた学生を仮にA君としておきましょう。これが彼の最初の感想文です。

第3回の授業のA君の感想も記憶に残るものでした。

この回は、ちょうどそのとき論議を呼んでいた「個人情報保護法案」を急遽とりあげました。授業の展開としては、前半で個人情報の流出、不正利用の事実と、それに対して提出された法案の内容を説明、ここまでは法案がいかにも大事だという印象を学生が持ったはずです。

そのあと、実はこの法案にたいしてメディア界から強い反発、批判があることを指摘、当然かにみえる法案になぜメディア界が批判するのかを予想するように求めて、その内容をこの時点の感想①として書くように要求しました。

続いて、民放の番組の一部を引用しながら、メディア界やメディア研究者の法案批判の内容を紹介し、総合的にどう思ったかを②として記入するように指示しました。A君の感想はこうです。

① 報道の自由がうばわれ自由にテレビが流せなくなるからかなー?

② きせいが生まれてもべつに俺には、なんにも関係なさそうだからあまり考えない。

これだけです。教師が考えている「正解」に合わせて、気に入られるように書こうなどという姿勢は微塵もありません。

この後、A君の感想は授業4回目あたりから鮮やかに変化してきます。

第4回は「同時多発テロ」を扱った授業で、全体の内容は略しますが、使った教材の中に、自爆テロで死んだパレスチナの青年の家族を取材したニュース番組の映像がありました。青年の家族が、亡くなった青年の行為を強く支持し、誇りに思うと語るシーンです。これにA君は反応し、感想文が一気に長くなります。

私とほぼ同い年の21歳のマヘルが体に爆弾を巻いて自爆テロを起こすなんて信じられない。しかしもっと驚いた事実は、親が子供のしたテロ行為に喜んでいる事だ。かんぺきにイカれている。

しかも産まれてくる子供にもしょうらいテロをのぞんでいる事だ。ユダヤ人が殺してるからって自分達も同じ事をやっていたらいつまでたっても終わらないだろう。一生罪のない人達が殺されていく。しかしいくら私達がそう思っても、私もその立場に立っていたらそう考えているかもしれない。

やはり私にかんけいのない事と思い、上から見て意見をのべてしまう。

パレスチナ問題の理解の素朴さは問題ではありません。この感想の価値は最後の1行にあります。思わず感想を書いてしまったが、我にかえって、やっぱり自分は、パレスチナ問題も自分には関係のないことだと思って、評論家のように「上から見て意見をのべてしまう」、と自省しているのです。前回「俺は何も関係ないから考えない」という感想を書いたA君が、この回は授業中さまざまに自問自答し、ひたすら考えていたのでしょう。

私は学生の感想を毎回数編、名前を伏せて選び、A4判2ページほどにプリントして次の授業のときに配布して、一つひとつコメントする時間を設けています、これまであげたA君の異色の感想はすべてこの選抜感想プリントに掲載しました。第1回と第3回の分についても、私はその率直さを評価し、ここから出発できるのだと肯定的にコメントしましたので、あるいはその経過が第4回の感想に影響を与えているのかもしれません。

A君の感想はその後、授業で提起した問題に正面から向き合う内容になっていきました。そのうちひとつだけ抜き出してみます。

情報技術の発達が、社会のさまざま分野で変化をもたらしている、というテーマの授業で、アメリカ軍のハイテク化の実態を、湾岸戦争やユーゴ空爆の例で考えた授業の感想です。

夜に狙う、相手が動きづらい時を狙って赤外線暗視装置、その他もろもろの兵器があるが、それでは金がある所が勝つという。しかも今では宇宙からのミサイル誘導がありピンポイントで軍事施設を狙える。それによって被害が最小限ですむと思うが、かならず誤爆があり、それによって罪のない民かん人がぎせいになっているのが現実だ。兵士だけでかってに殺しあいをしていればいいものを、子供や女、老人などかんけいない人達が殺され、上の方の人達は戦地とは全然かんけいのない遠い場所で上からめいれいをしてのうのうとしているだけだ。くさりきっている。

最初2行の罵倒にちかい感想がこのように変化したのは、教員の経験も研究者の実績もない授業者の力によるものではないでしょう。A君自身が、本来持っていた自分の力を引き出していったものと思います。

彼は、授業中に私語を続けていて、注意した学生のひとりでもありました。また、感想文を読んでいただければわかるように、決して「優等生」のタイプではありません。しかし、次第に授業に参加し、集中していく様子が見てとれた学生でした。

「授業が難しい」ことの意味

A君に幾分か私の授業が影響を与えたとすれば、私の授業がひたすら「自分の頭で考えること」を要求し続けたことがあるかもしれません。学生にとっては、これまで気にとめなかったようなメディア・情報をめぐる現象のなかに、さまざまな問題があることを事例で提起して、「君はどう受け取るか、考えるか」と問い続けたわけです。学問体系を持たない実務家出身教員はそのくらいのことしかできません。

「やらせ」と「再現」のちがい、ペルー人質事件でのANN記者の突撃取材、椿発言問題、集団的過熱取材の問題、メディアとジェンダーの問題、ネット風説……等々、さまざまな事例をとりあげましたが、多くは私自身もどう考えたらいいのかわからない難問が含まれています。学生にはかなり難しかったはずで、感想文の最後に「難しすぎます最近」という抗議とも嘆きともつかぬ1行が記されたりしました。

しかし、この1年で気づいたのは、学生はけっして「難しい」ことを非難しないということでした。「難しくて感想文を書くことはつらかった」と書きながら、難しいことを悪いことだとは思っていないのです。

3種類の授業が終わるそれぞれの時間に、受けた授業全体の感想を書いてもらいましたが、それを読むと、学生は本当はもっと「難しいこと、考えがいがあること」を授業に求めているのではないかと感じるほどです。

次に、授業を終わっての感想文の典型例を掲げますが、授業に肯定的な内容なので、教員の自慢話のように受け取られるおそれがあります。映像教材を多用した授業がある程度学生に「受ける」のは自然の成り行きだということ、また教師に宛てた記名の感想文であること、などで、かなり割り引いてみてもらう必要があります。

10月からのこの授業をふり返って、この「メディア論」は初めからかなり深く考えさせられた。途中で、考えても考えても頭がいたくなるだけでわからなくなってしまった問題もあった。自分はあまり考えることが苦手だけど、この授業をきいて、考えまくってるうちに、ちょっとは成長したような気がする。この授業は他の授業と違って、悩ませ方も格別に違って、すごく頭の勉強になってよかった。これからもこんな授業のし方を続けてほしい。(2年男子)

「情報倫理」はすごくむずかしくて、毎回感想を書くのがたいへんだったのが一番の感想です。この授業はかんがえさせられることばかりで、どっちが正しいのか、どっちがまちがっているのかよくわからなかったけど、先生がその「わからない」ってなることはいいことだ、といったので、私はすこしでもいい方向へむかったんだと思って、さらにうれしかったです。

（2年女子）

「糾弾」としての「問題行動」──おわりに

最初に紹介した『アエラ』の記事にあるように、大学生のマナーの悪さ、道徳感の欠如という現象は、これからも繰り返し語られることでしょう。こうした際、一方で持ってほしい青年への視点を、この小文ではいくつか指摘してきたつもりです。

これに追加して、もうひとつ決定的に欠落している視点として思うのは、全国の大学での学生たちの問題行動を、授業への、ひいては教育への「糾弾」として受けとめるべきではないか、という点です。

授業中出入りする、化粧する、メールをする、辺りかまわずおしゃべりをする、こうした行為に、これまで彼らが受けてきた教育が象徴的に表現されていますし、同時にこれは、あなたの授業は聞く価値がないよ、という意思表示でもあります。こうした学生の行為を、無意識の「糾弾」であると考えることは、そんなに無理な見方ではないでしょう。

あのマナーの悪さを、教師、大人への「糾弾」と考えろというのはとんでもない、と思われるかもしれませんが、教師としては、基本的には、学生を集中させられない授業の貧しさを省みるほかないのではないか。

もちろん教室での不規則な行動は注意し、制止する必要があります。しかし、同時にそのような行動で学生が何を表現しようとしているか、一方でその声のない声を聞き取る感性が求められます。

この視点を、私はかつて取材で出会った滋賀県の中学教師、福井雅英さんという先生から教えられました。福井先生は、校内暴力で荒れた学校での優れた教育実践で知られる方です。その福井先生が、突出して暴力をふるう生徒について書かれた文章の一節です。

> 教師がまわりの視線などの他律的な力に押されて「駄目なことは駄目だ」と言い切るとき、彼の中に芽生えようとしていた、「駄目なこと」をすることによって表現された稚拙な問いに向く眼は閉ざされるだろう。(『教師として今を生きる』ぎょうせい)

マナーの悪い一部の学生にたいし、断固として「駄目なものは駄目だ」という態度が必要だ、というレベルでしか考えていなかった私にとって、この文章はショックでした。荒れる中学生と、マナーが悪い程度の大学生とでは程度がちがいますが、教師の眼差しとしては共有しなければならないものと思います。

大学人の中には、学生のマナーの悪さから、講義の出席はとりたくない。学ぶ意欲のある学生だけが教室にくればいい、と主張する向きがあると聞いています。そうできたらどんなにいいかと思います。しかし、進学率50％時代の大学では、これは事実上の教育放棄になるに違いないでしょう。

今の大学生の多くは学ぶ意欲そのものを奪われ尽くして入学してきているのです。ですから意欲そのものも、大学の授業で作り出していかなければならないのがつらいところです。そのため、制度的強制でもなんでも利用して、学生を教室につなぎとめ、授業で学生を変える努力をするしかありません。

制度的にワクをはめたり強制したりすると学生の自主性が育たない、というおかしな議論がありますが、これは強制と自主性の育ちとのパラドキシカルな関係を理解しない議論です。強制し、教師がワクをはめ、濃密にかかわることで初めて、自主性が育ち、教師が作ったワクを突き破って青年は育ってきます。この可能性を信じられなければ、教師という辛い仕事はやってられないでしょう。

いずれにしても、定年後こんなシビアな仕事を自分がどうしてやらなければならないのか、誰か能力のある人がやればいいではないか、と正直思います。しかし、学生の素晴らしい感性、成長する魂に励まされて、自分が底の浅い人間であることを思い知らされつつ、いましばらくは仕事を続けていかなくてはならないようです。

※最初の方で引用したエリック・ホッファーのアフォリズムは、作品社の『魂の錬金術』(中本義彦訳)からとりました。

キャンパスの日々から──2004年春

シャツを破られた教師

2004年春、早いもので大学教員の生活を始めて3年目に入った。教室や研究室で、汗をかきながらまだあどけない少年少女の雰囲気を残す学生たちと接していると、これまで教育に関して読んださまざまな文章や、取材の中で出会った教師たちのことがあらためて新しい相貌でよみがえってくることがある。たとえば次のような例がそうだ。

岩波新書に『体・演劇・教育』という一冊がある。演出家で宮城教育大学教授でもあった竹内敏晴さんが、東京の定時制高校に入って演劇の授業をした体験を綴ったものである。

竹内さんが通ったのは東京都立南葛飾高校定時制で、通称「南葛」と言われた。ここには、希望する者は全て入学させ、学校からは退学者を出さない、という教師集団の徹底した方針のもとで、鑑別所や少年院帰りの生徒、札付きの不良と言われた生徒、それに被差別部落出身者や在日朝鮮人、障害を持つ生徒などが在学していた。

『からだ・演劇・教育』には、この定時制で、演劇の授業を通して成長、変容していく青年たちのドラマが描かれていて感動的だ。実は私も短期間だがこの高校で取材したことがあり、その後も何度か訪れているので、新書に登場する先生方の中には親しい名前がある。この本を手にしたのはかなり昔のことだが、その中に心に残ったエピソードがあるのでひとつ紹介したい。

竹内さんの演劇の授業にときどきふらっと現れる生徒がいた。知的障害があって、体の大きい青年だった。何か理由があってのことらしいが、彼が教室で一度ものすごく暴れたことがあるという（誤解しないでいただきたいが、知的障害と「暴れる」ということを短絡的に結びつけないでほしい。一般に「健常者」のほうがはるかに暴力の頻度が大きいと思う……それはともかく）。そのときのいきさつを竹内さんは書いている。印象的な話なので、その部分を少し長いが引用する。

脱いであったみなの靴だの私の鞄だのも破かれた。止めようとした友だちがみなシャツを引き裂かれた。校外へ逃げ出したかれを友だちが数人で追いかけてやっと連れ戻してきた。申谷氏（同校の教師：引用者）がかれと話し合おうとしたところが、申谷氏のワイシャツにも手をかけた。「やめろ」と言ったら手を止めたが、手は離さない。申谷氏からきいたところでは――「おまえ、少し落ち着け」というと「ふうん」と言って天井を向いている。話をしようとすると、また破こうとする。（中略）何度繰り返しても同じなので根負けした申谷氏が、「おまえ、おれのいうことがわからんのか」と言った。後で申谷氏の告白したところでは、「そのときチラッと、こいつはやっぱりちょっと頭が弱いからなあという思いが頭をかすめた。とたんにバーッとシャツを引っ裂かれた。あれはすごい教訓だった」という。じつに鋭くこっちをみている。……

竹内さんは、暴れた青年の、教師を見る眼の鋭さを指摘している。しかし一方で注目してほしいのは、中谷さんという教師の言葉である。生徒にわずかながら侮蔑の感情を持った瞬間にシャツを引き裂かれた。そのことを「すごい教訓だった」と受け止め自省した教師の感性の確かさはただごとではない。

いま、大学進学率50％の時代、どこの大学でも、ごく少数だが授業での態度に問題がある学生がいるだろう。平然と遅れてきて、教師の前を堂々と横切っていく学生、ノートも筆記用具も持たずに教室に来る学生、携帯を鳴らす、お喋りをやめない、等々。これらの学生の行為は、学習者への妨害ということで厳しく批判されなければならないのはいうまでもない。これは大学内のマナーの問題にとどまらず、広く市民的モラルの教育として重要である。

しかし、そのことと、こうした学生に対し侮蔑・軽蔑の感情を持つこととは全く別のことではないだろうか。教師はどうしても「この子たちはどうしようもない連中だ」「バカなやつらだ」などと思ってしまいがちだが、こうした侮蔑感は、一般市民ならありうるが、教師にはあってはならない。

もし、しばしばそういう感情にとらわれる教師がいたら、その人は別の職業についたほうがいい。なぜなら、教育という任務の根本のところに、人間存在そのものにたいする敬意が据わっていなければならないと思うからである。この敬意は、相手が未熟な学生であろうが、講義を妨害する学生であろうが変わりなく要求されるものである。

その「敬意」を前提に、人間の未熟に切り込んでいくのが教育の日常的な任務であり、そのような営みのなかでこそ学習者も教師も共に育つことができる。そうした希望を胸に持たないで、どうして教師というきびしい仕事をやっていけるだろう。

授業やゼミで学生と向かいあうということは、実は見えない手で教師のシャツが掴まれているということではないか。それは抜き差しならない一触即発の関係でもある。

学生を、「この程度だから」とか「どうせ連中はできないんだ」と心の中で思った瞬間に、見えない手で教師のシャツは破られるのである。考えてみると、新米教員の私などは何度もシャツを破られていたかもしれない。

この同人誌でも、繰り返し哲学者林竹二のことを書いているので、また林竹二かと思われそうだが、私がこのように考えることができたのはやはり林先生のおかげである。

林先生の『教えるということ』（国土社）という著書の中に、わずか2ページほどの短いものだが「生命にたいする畏敬だけが教育を可能にする」という文章がある（のち筑摩書房刊の著作集8にも収録）。

「教育を可能にする根本の前提は、生命をもった個体である」と林先生は書き、子どもは大人の

「育てる」という配慮によって初めて成長できる本来〝ヘルプレス〟（自ら助けることができない）存在なのだと指摘する。そのうえで林先生はこう言う。

学校という世界の中に「投げ出されている」子どもたちも、これと同じたよりない存在である。そのたよりない子どもたちがすくすくのびてゆくためには、かれらの成長に必要なものへの周囲の配慮が不可欠である。周囲にあたたかい配慮が欠け、恣意的におのれの欲するところを施すに急であるならば、その結果は、生命の圧殺につながってゆく。生命あるもの、生命への畏敬だけが、教育をこの退廃からすくってくれる。いま、このことを銘記する以上の緊急事はない

「恣意的におのれの欲するところを施すに急であるならば、その結果は生命の圧殺につながっていく」……

この指摘は、〝教育する側〟の陥りやすい悪弊を鋭くついている。これは学校教育についてだけではないのではないか？　子どもを育てるすべての親にもあてはまる批判ではないだろうか。

児童、生徒、学生、という呼び名の向こうに、ひとしく「生命」をみること、そしてその「命あるもの」への「畏敬」「だけ」が教育を可能にし、教育を退廃から救う、という言葉は、これ以上の緊急事はない、という訴えとあいまって、絶えずここへ立ち戻らせる力を持っている。

林先生は、竹内さんの『からだ・演劇・教育』の舞台となった南葛飾高校定時制に１９８０年か

ら授業に入っている。そして、シャツを破られた教師の中谷さんは、「南葛」の教育を中心になって牽引した中谷雄二教諭であり、私もこの学校の取材後、何度も会っていろいろ教えてもらった先生である。この中谷さんが、林竹二を学校に招いて生徒たちとこの老哲学者を引き合わせたのだった。

「先生　あなたもすごい」

2002年4月に、NHKスペシャルで放送された「奇跡の詩人〜11歳・脳障害児からのメッセージ〜」という番組のことをご記憶だろうか。

重度の脳障害を持つ11歳の日木流奈（ひきるな）という少年が、母親に介助されて、文字盤のボードを指さすという動作で詩や文章を綴り、それが書籍として出版され、感動を与えている、というドキュメントである。

番組の中で、彼の言葉として紹介されたのはいろいろあるが、例えば番組の最後は、11歳の少年の言葉とされる次のような文章の朗読で終わっている。

私の人生はとても豊かで希望に満ちています。もし世の中の人たちが、世間一般とか、常識にとらわれずに物事を見ることができたら、ステキな事が起きるのだと伝えられたらいいと、私は思っています。どこにいても、自分の思いがどこにあるかを問うて生きたいとき、どこにいても、だれといても、心が平安になると伝えたいのです。

そのサンプルとして私の存在を知っていただけたらうれしく思います。流奈

これはまるで成熟した大人の文体ではないか。これが11歳の脳障害のある子どもの表現なのだろうか。はたしてこの番組が放送されるや、全国的に論議が巻き起こった。番組を観るかぎり、外見上介助者の母親が流奈君の手をとって文字盤を指しているとしか見えなかったからである。

私が見た感じでも、流奈君が一定の時間文字盤から目を離している間も言葉が続いているとか、流奈君の手が動かず、むしろ文字盤を持った母親の手が忙しく動いて流奈君の手に当てているとか、あるいは母親の自作自演ではないか、と思わせるようなカットがあった。同じように感じた視聴者からの批判や疑問がよほど多かったらしく、放送後、番組担当者がＮＨＫの広報番組で釈明するという騒ぎになった。

ＮＨＫ担当者は、流奈君が介助者なしで自分の言葉を作れることや、母親の知らないことを流奈君が話すケースを確認していることなどから、信憑性を否定する事実はないと判断したと反論している。（「ＮＨＫスペシャル」ホームページ）

断っておきたいが、私には真相はわからないし、ここでどっちが正しいかを議論するつもりはない。しかし、この番組とその後に起こった鋭い対立を含む議論は、障害者をテレビメディアにとりあげる際の制作者の姿勢や配慮において、さまざまに検討すべき問題を提起していると感じてい

た。そんな折、私の授業を受けている学生の一人から、この「奇跡の詩人」をとりあげてほしい、という要望があったのである。私は急きょ講義予定を変更して、一回この番組について考えることにした。その時配った講義レジメに私はこう書いた。

①主人公の障害児がほんとうにメッセージを発しているかどうか、を学生諸君に「判定」してもらう、という授業ではない。授業者も根拠のある論に達しているわけではない。

②この番組をめぐる論議を通じ、制作者が情報収集過程、また発信過程で配慮すべきことは何なのか、もし、虚偽が含まれていたとしたら、それはどのような影響を社会にもたらすのか、といった多面的な問題・論点を探るのがねらいである。

もともと私は、障害者が、障害があるにもかかわらず超人的な努力で健常者に負けない達成をみせる、という類型的なドキュメンタリーに違和感を抱くほうである。こういう番組は実に多い。たとえば、人びとがそのようなドキュメンタリーを観て、障害者ですらこれほどのことができることに感動し、それにひきかえ健常者である自分が恥ずかしい、などと思ったとする。それは意味がないとは言わないが、障害者の身になって考えるというより、あくまで健常者の側からの視線にとどまって、ドキュメントはむしろ健常者への教訓や感動材料として消費されてしまう。出演した障害者にはなんの利益ももたらさない。

「奇跡の詩人」についても、そのあまりに〝感動的〟情緒的なナレーションに辟易しながら、似たような違和感を抱きつつ観た。

さて、この番組を素材にした授業であるが、いつものように終わり際に学生に感想を書いてもらった。授業内容が深刻な問題を扱ったものであったせいか、力のこもった感想がめじろ押しで、私は番組よりむしろ学生の感想に感動したと言っていい。

番組を観た学生の多くが「これはおかしい」とか「ウソくさい」とか、否定的な感想を持つのではないか、と予想したが、この予想は見事に裏切られた。感想の大半が、逆に番組への批判に反発し、素直に感動する内容だったことにまず驚かされたのである。

たとえば次のような例である。

今日のビデオを見て、正直、泣きそうになりました。普通に詩を聞いたりしていて、少年の生き方を見て、感動しました。ビデオを見終わった後、これはウソじゃないのか?という意見があると聞きました。まずそう思うことじたい心がすさんでいると思う。というか、批判がきたことを公表するな!と思いました。そんなことしたら、感動してた人や少年の家族をどれだけキズつけるかわかっているのでしょうか?（以下略）（2年男子）

この「奇跡の詩人」を見ての率直な感想は、自分がとてもはずかしく思えました。こんなに一生懸命生きているるな君を見ていると、何の障害もない自分が一日一日を大切に生きていないように思えました。

もし、疑いの気持ちでこのビデオを見た人がいるとしたら、その人はかわいそうな人だと僕は思います。こんなにがんばって生きているるな君を素直に応援できないなんて、このビデオは人の心の深くにまでメッセージが届くビデオだと思います。（3年男子）

もちろん、番組を批判し、これはニセものだという感想も幾つかあったし、制作側を非難する意見も少なくなかった。しかし、私が予想もしなかったのは、虚偽であるかどうかはもう問題ではない、流奈君の家族がとにかく必死に生きている。また詩や文章についてもその内容に感動することができるなら、たとえ母親の自作自演であっても、問題ではない、というニュアンスの感想が出てきたことである。典型例を掲げる。

自分的には今回の問題は良く理解できてないかもしれない。しかしこの番組を見てそっちょくな感想は、母親が支えているからとか、母親が言葉を考えているのではないのか?とか言った意見は初めはあったけれど、番組を見ていく内にそんなのはどっちでも良い気がした。るな君の考えは自分達にはわからないし、誰にもわからない。でもあの詩は確かにすごいと思った。あの詩は確かに人の心を動かすくらいの力があるものだと思った。（2年男子）

以上のように、予想を越えて番組への肯定的な見方が多いことについて、そのとき私は二つの感想を持った。

第1は、映像作品の感化力、教化力の手のつけられないような強さである。批判的にテレビ番組を観なければいけない、という授業を何回も積み重ねてきても、構成や素材に力のある映像作品に接すると、それを冷静に観ることのできる人間は限られている。言葉や理論によって「教えられる」メディアリテラシーは時に無力化するのだ。これは容易ならないことだというのが、第一感である。

第2は、現代の青年はこうした美談のような話にはあまり感受性がないだろう、という私の中にある先入観が、受講している学生に限ってのことだが、見事に打ち砕かれた、ということだ。ナイーブなのである。障害児を抱えた家族の奮闘ぶりに、多くの学生がうたれ、感じている。感想の表現も身障者を思いやる優しさに満ちていた。力のある教材（この場合「奇跡の詩人」）と、考えるに足る「問い」がぶつけられると、青年たちのナイーブな感性があたかも噴出するかのように表面へ出てくることがある。この授業で私はその「感じ」を体得したように思った。

申し訳ないが、この小文の、ここまでが長い前置きである。言いたいことは実は次行以降のことだ。

私がこの「奇跡の詩人」をとりあげた授業で、学生に気付いてほしかったのは、このような番組を世に送り出す場合、細心の注意と手続きが必要だということだった。

この点に関する授業の詳しい内容は略すが、少なくともこの番組の担当者は不用意に障害者親子を世間の批判、疑いにさらす結果になった。少年が本当に自分の意思で、あのスピードで文字盤を指しているかどうか、素朴に疑問を持つ視聴者があると容易に想像できたのだから、番組にする以上、その疑問にたいする説得力あるシーンを組みこむ配慮が必要だった。

また、同じような障害を持つ子どもの家族がこの番組を観たときどう思うか、という点の配慮もされているとは言えない。流奈君の「奇跡」がどれだけ一般性があるか、そのへんの目配りも必要ではなかったか……。

こうした点検のいくつかの視点について、学生たちは感想文の中でかなり指摘していたし、なによりも自分で深く考えるようすが見てとれたので、私はこの授業は一定の成果があったと能天気にも考えていた。

しかし、何枚か感想文を見ていくうちに、次のような一枚の感想文に行き着いて、冷水を浴びせられるような感じにうたれ、思わず座りこんでしまった。その感想の全文を以下に掲げる。

> 私はＮＨＫがこの障害児に何をしたいのか解らない。これぐらいの障害の子なら山ほどいる。それ以上の親達にたいして侮辱にすぎない。先生はそういう、障害者の兄弟のことを気にせずに見せる。あなたもすごいと思う。
>
> 私の知りあいはまだすごい子とかいるのに、どれぐらい親ががんばっているか解らずにテレビで少し取り上げられた子を、すごいとか親がすごいと思っている。私はこの、「奇跡の詩人」について、感想はかきません。（2年男子）

筋が通らないように感じるところがあるが、私にはこの学生が言いたいことは痛いほどわかる。もっと重い障害を持った子どもがいるのだから、この番組はおかしい、という論理は明らかに成り立たない。しかし、障害がありながら家族の努力で成果があがっている、という番組のあり方にたいする厳しい批判として読むと納得できる。なぜなら、多くの重い障害を抱える子どもとその家族は、回復の兆しも見込みもないなかで苦しんでいるのだから。そういう家族がいるのに、この番組はいかにもきれいごとだ、とこの学生は言っているのである。

おそらく、これは想像にすぎないが、他の学生の感想が「評論」であるのに対し、この感想は自らの「体験」から生まれている。知り合いにもっと障害の「すごい子」がいる、と書いているが、あるいは彼の肉親が障害者であるかもしれない。「兄弟」という語句が唐突に出てくることもなにか示唆するものがある。

実はこの感想は、私という授業者に対する告発なのである。このような重大な問題をはらむ番組を、授業の一素材として使った。そのことへの強い不快感が示されている。「先生……あなたもすごいと思う」という言葉の激しさは尋常ではない。

私の授業は、さまざまなメディアの問題事例を提起して、学生に「君はどう考えるか」を問うという性格のものである。「感想」といっても、要求しているのは「小論文」である。こういう授業は期末試験のしようがないので、毎回の小論文を学生ごとにまとめて、その内容を成績評価の材料にしている。だから、感想（小論文）を書くことは、私の授業では「制度」なのだ。この感想文は「私はこの、奇跡の詩人について、感想はかきません」と言ってこの「制度」そのものを断固拒否している。

番組「奇跡の詩人」への批判と反批判は社会的事件であり、番組が広く公表されているわけだから、授業で取り上げることと自体は責められることはない、と私は自分に言い聞かせた。しかし、これを「素材」にして展開した授業はこの学生には我慢のならないものだったにちがいない。

いったい、この学生は私のどういうところを告発したのだろうか。授業では取材される障害者の側から番組について語ったので、授業の論理そのものはそれほど問題ではないと思うのだが、この学生にはそれは単に言葉の上のことで、意味はなかった。そうなると、論理以外のなにかが問題になる。

授業は教師が生身の人間として学習者の前に立つところから始まる。表情、声、語り方、その身体の総体が受け取られる。この学生はそうした教師の全体に一種の偽善を感じたのかもしれない。感想文は授業を問題にしているのではなく、「先生……あなたはすごい」と教師そのものを名指しで問題にしているのだ。こうなると本人である私にはもう手に負えず、これから自分を絶えず問うていくほかはない。

この中心的な問題の一方で、このとき私が感じたのは、授業というものは、一見、受講生集団全体を対象にしているかのごとき外見を呈するが、授業を受け取るのはそれぞれに歴史を持った一人ひとりの学生だという当たり前の事実だ。授業は受講生全体に対してではなく、学習者個々のストーリーの中に入っていく。

感想を書いた学生は、身近に重い障害者がいるという、その学生の生活史の上で、私の授業を受け止めたのだった。授業研究ではしばしば授業者の資料提示の方法や、発問、わかりやすい話し方、とかいう「教える側」の問題の検討に終始することがある。しかし、重大なのは授業を受けている個々の学習者の内面の問題なのである。

私の尊敬する教育学者で東大教授の佐藤学さんという方がいる。その佐藤さんが書かれた本のなかで、耳の痛い指摘があるのを思い出した。あらためて書き出してみることにする。

学びを豊かに促進できる教師は、集団を相手に話しかけるときも、一人ひとりに対して語っているのであって、「みんな」に語りかけてはいない。教室にいるのは一人ひとりの子どもであって、「みんな」がいるわけではないからである。一人ひとりに語りながら、その語りの最中も、一人ひとりのいまだ声になっていない言葉に耳をすまし、子どもの身体のイメージや情動のうねりに共振しようとしている。こういう身体と言葉をそなえた教師の教室で学ぶ子どもは幸せである。（『授業を変える学校が変わる』小学館）

その通りだ。教師はいつのまにか「みんな」に語りかけてしまっているのだ。ときに学生一人ひとりへの想像力を欠いたまま授業を進めてしまうのである。佐藤さんはまた別の著書でこうも言う。

いくら外見上「優れた授業」を展開したとしても、その授業が教室の三分の一の子どもを取り残したままで進行したり、その結果、一人でも学びから疎外された子どもを生み出してしまっては、教師としての責任をはたしたとは言えないだろう。たとえ「優れた授業」を生み出しえなくても、一年間を通じて一人残らずよき学び手として育て、一人残らず成長を促進するならば、専門家としての教師の責務をはたしたと言ってよい。子どもの学びの事実の創造こそが、専門家としての教師の責務の中心なのである。（『学校を創る』小学館）

この文章では「子ども」となっているが、「学生」が例外であるとは思えない。大教室で150人もの学生が講義を聴くような条件で、佐藤さんの指摘を生かすのは困難極まりないが、教師が持つべき精神としては疑いようがないのである。

そのことを気付かせてくれた先の学生の感想を、次の授業の感想プリントの最後に置いて、学生とともにその内容を共有するようにした。そのとき、この感想を目にしたときに受けたショックについて語った。書いた学生に私の気持ちが伝わったかどうかはわからない。問題の感想文はなお私の中に留まって動こうとはしないのである。

記憶の淵より

長良川が揺籃だった——小学生時代

自分の中には、歯まで武装して入ってゆかねばならない
（ヴァレリー『テスト氏』より）

過去と死

老人にとっては珍しいことではないけれども、最近ときどき「死ぬ」とはどういうことだろうか、と考えることがある。

一般にはもう永く生きたと言ってもいい年齢なのだが、そのことがどうも諒解できない、という気持ちでいることを告白せざるを得ない。男性の平均寿命を考えると、あと10年生きられるかどうか、という事態がどうも飲み込めないのだ。

それはたぶん、これまで生きた年月の長さが実感としてないからであろう。つい数年前に生き始めたかのような感覚が私にあるようで、気がつけばいつの間にか70の老人になってしまっていたこ

とが、実に不当なことのように思えるのである。

だからと言って死を恐れるか、というとそうでもない。

死を恐れるのはきっと無意味に違いない。なぜなら、死を迎えたあとは、恐れも、悔いも、悔しさも一切が無に帰し、そもそも私のこのような感情すら存在しえないからだ。そう考えると少し気持ちが安らぐ。

誰かが死ぬということは、周りからみれば、その人が実在しなくなり、視界から消えることである。だが死んだ当人からは、今まで見ていた世界が消え去ることだ。当然のことのように思えて、これは何かとてつもなく不思議なことのように思える。

しかし、死を、今生きている人間の感覚で考えることはどうも無駄なようだ。現在ここにある私が死を考えれば、恐れや無念といった感情で死をとらえることになるが、これは生きていることを前提とした感情であって、本人が非在という絶対的に「何もない」という状態ではそのような感情さえ非在となる。だから死そのものは、恐れるとか悔いとかという感情の対象にすらならない。恐れるとすればそれは死そのものではなく、死にいたる過程に伴う苦痛だけである。これは嫌だ。

このように死について考えても、宗教家でも哲学者でもない私のような人間には、右のような素朴な観念の、堂々めぐりが続くばかりだ。

ただ、生があとわずかしかないのはいかにも不当だという、子どもじみた感情は癒しておきたい。そのためには、私自身がけっこう永く生きた、という実感を持たねばならず、できるだけ記憶を掘り起こし、ある年齢の自分についてリアリティのある観念を獲得したいと思うようになった。

それは同時に現在の自分がどのような人間であるかを示唆することにもなるだろう。

精神医学者の神谷美恵子は、若い頃の日記で「小さい時からの自分を眺め直して見て、現在の自分のあらゆる芽がそこにあるのに驚く」と書き、続けて、「非常に微妙で複雑ではあるがそこには原因結果の厳密精確な法則が働いているのだ」と指摘している（著作集10『日記・書簡集』みすず書房）。

幼少時の自分と大人になってからの自分とのあいだに「原因結果の厳密精確な法則」があるというのはいかにも恐ろしいことだ。そこまで追求できなくても、どのような幼少時を過ごしたかが、人間のその後に影響することは否定できないであろう。

長良川

いつのことだったたか、何気なくテレビを観ていたら、小学生くらいの子どもたちが、川の堤防を元気良く駆け下りるシーンがあった。岐阜県の長良川での撮影と紹介されていた。この短い映像を観たとき、私は電撃的に、ある感情に襲われた。「あれは私だ」と思わず呟いて、何か胸が一杯になり、涙が出そうになった。

もちろん。画面の子どもが私であるはずはない。映像の中の子どもに、同じくらいの年齢の頃の自分の姿を見たのである。そう、あのように私は草の生い茂る土手を駆け下りて川辺に向かったのだった。あゝ、あの頃の私はいったいどこに行ってしまったのだろう。

長良川……この川は、私にとって思い出以上のもの、少年時代そのものを象徴する名前である。私は岐阜市の郊外で育った。家は長良川の堤防が見える位置にあり、川と堤防、広い岸辺は四季を通じて子どもたちの遊び場だった。

岐阜市の市街地の北を流れるあたりでは、川は中流域にさしかかり、川幅も広く、向こう岸まではかなりの距離があった。スケールの大きな堤防と護岸が築かれていて、川辺に下りると、人家や建造物は何も見えず、小さな子どもからは、まるで原野を流れる広大な大河に見えた。子どもたちにとっては懐の深い空間だったのだ。

水害の歴史で有名な濃尾平野で、しかも市街地を流れる川だから、非常に体積の大きい立派な堤防が造られたのであろう。大人になり、東京へ出てきて、多摩川を見たとき、その土手が低いのに驚いた記憶がある。長良川の堤防にくらべ、その高さは半分もないではないか。

私は近所の子どもたちに交じって、川で遊んだ。今も長良川は自然河川として有名だが、その頃は市街地を流れる川なのに、清流と言っていい澄んだ豊富な水の流れがあった。土手から流れを見下ろすと、川底の石が透けて見えた。魚影も濃く、鮎はもちろん、ハヤ、モロコ、ウグイ、私たちがドンコと呼んでいたカジカ類の魚も多かった。

泳ぎを覚えたのは小学校3年生の頃である。近所のお兄さん格の子が教えるのである。川に下りたところの岸辺に、流れのない入り江があった。その入り江には深い渕があり、少し泳ぐと背が立つところになる。そこに年嵩の子が立ち、小さな子を招く。小さな子は背の立たない部分をとにかく手足を必死に動かして、立って待っている先輩のところに辿り着くのである。多分このようなことを繰り返しているうちに、知らず知らずに泳げるようになっていたのだろう。クロールなどというしゃれたものは知らなかったので、たいていの子は平泳ぎや抜き手を覚えた。流れに変化のある川では、この泳法の方が圧倒的に便利だった。

小学校も高学年になると、私は河童のように、川を縦横に泳ぎまわれるようになっていた。いつも遊ぶ区域は変化に富んでいて、激しく波立つ急流があり、それが岸にぶつかって深い渕をつくり、渦巻いているところ、流れがゆるやかで、鏡のような静かで広い水面のところ、と、ヴァリエーション豊富な泳ぎのスポットがあった。

私があきもせず繰り返したのは、流れの速い急流を横断することだった。もちろんこの急流の中心部は深く、背が立たない。早い流れに流されるので、向こう岸には、かなり下流に着く。それから歩いて上流に戻り、今度はこちら側に横断する。

この急流は、最後に川の屈曲部に突き当たり、そこから流れの方向を変えて下流に向かう。激しい流れの真ん中を立ち泳ぎで流されていくのも面白いので、友人たちと一緒に急流をそのまま下り、それを受けとめる屈曲部の護岸のところまで来て上陸する、ということもよく繰り返した。

護岸には侵食を防ぐために頑丈な木を組んだ沈床が川底に作られていて、その上に来ると背が立つ。深い渦巻く渕を下ってきて、すっと沈床に着地するのである。また、流れが急なところと、静かな水面の境目には、渦ができ、下から水が盛り上がってくるような部分ができる。そこに入ると水流に翻弄されて、少し身体の自由が利かなくなるような感じがあり、それがまた面白いので、わざとそういう水面に身を委ねるようにすることもあった。

現代の小学校の先生や親からは想像もできないであろう。私たちは、困難なこと、危険なことを選んで繰り返していたのである。学校にプールなどはなく、川で泳ぐのが子どもたちの常識だった時代のことだ。

こういう風だったから、足が底に着くようなところで泳いだ記憶がない。少年たちはいつも背の立たない、危険なところを選んで泳いだ。背の立つところは泳ぐ必要がないと思っていたのだ。それでも、小学校時代、近所の子どもの水の事故など聞いたこともなかった。

こうした経験をしなければ、生活の中で、危険をどう飼いならすか、どう回避するか、といった能力は育たないだろう。よく用水や池での子どもの事故が報道されることがあるが、事故が起こるのは、その場所での遊びが日常化していないからである。非日常の体験だから危険なので、地域の川や池や用水での遊びが子どもたちにとって日常のものであれば、まず事故は起こらない。

今の子どもたちは不幸である。風呂場のようなプールで、監視されながら泳ぐしかない。子どもたちは危険なところに放り出されても、うまく工夫し切り抜けるものだ、そういう力を鍛える場を大人たちがずいぶん奪ってきたのではないか。

少年の釣り

小学校高学年の頃、私は釣りに熱中した。釣りといっても、大人がするような長い竿を使った本格的なものではなく、子どもたちの間で流行っていた手作りの道具の釣りである。

まずドンコ釣り。ドンコとは、多くはカジカのことで、淡水に住むハゼの仲間をいうこともある。平たい頭に大きな目と口がついた愛敬のある顔をしていて、頭が大きく体部が小さい。この魚を、1メートル位の細くしなやかな竹の小竿に、10センチくらいの糸、その先に小さな釣り針をつけた簡単な仕掛けで釣るのである。餌はサシ（養殖した蝿の幼虫）を使う。

流れを背に受ける形で腹の辺りの深さの瀬に入る。そして、底がガラス張りになっている箱状の道具（当時「水鏡（みずかがみ）」と呼んでいた）を水面に押し付けて水中を覗いて見る。すると川底にドンコが貼り付いているのを発見できる。腹の下に吸盤があって、それで石の上にいるのである。その鼻先に、仕掛けの先の餌を持っていくと、たいていぱっと食うので、何尾でも釣れた。

素朴といえば素朴だが、確実な方法である。カジカは美味であることが有名で、甘露煮風にするとおいしい。カジカを「ゴリ」と呼ぶ地域もあり、紀行番組などで時折ゴリ料理が紹介されている。

この釣りの面白さは、無論釣り上げるところにあるのだが、それにも増して水中で獲物を発見する瞬間のあの鳥肌が立つような感覚がいいのである。ガラス越しに見る川の中は美しい。なぜか水鏡を通してみると水中のものが大きく見えるので、ドンコも実物よりぎょっとするくらい大きく見える。流れを少しずつ移動しながら、水中を探していくと、思いがけなく、という感じで、少し先の石の上に大きなドンコを発見する。この瞬間の戦慄するような喜びはたとえようもない。可能なら身体が動くうちにもう一度味わってみたいものだ。

もうひとつ熱中した釣りは「アンマ」と言った。アンマとは視覚障害者には差別的な表現で、今は使ってはいけない言葉だが、当時の少年たちがこのように言っていたのは事実なので、許していただきたい。

この釣りもまた単純だが巧妙な方法である。ドンコ釣りと同じように短い竹の枝を使うが、糸を今度は3～4メートルと長くして、その先端に針を一つだけ付け、エサのサシを付けておく。この仕掛けを、瀬に立ちこんで下流に流し、短い竿を、前後に動かす。そうすると、糸は、その動きにつれて、伸ばされたり引かれたりして、少年の3～4メートル先の水中を餌が前後に動くことになる。この水中のエサの動きに誘われて、ハヤが食うのである。

ハヤは、正式な名をオイカワという。全国のどの川にもいるなじみ深い小魚で、関東ではヤマベ、長良川では白ハエなどと呼んだ。雄は繁殖期に美しい赤や緑色の婚姻色をまとう。ウグイのことをハヤという地方もあるのでややこしいが、この銀色の小さい魚を知らない人はいないだろう。これもけっこう美味しい魚で、飴煮やバター焼きなどにして我が家ではよく食べたものだ。

アンマ釣りの醍醐味は、釣れた瞬間にある。川の流れを腕に感じながら前後に動かし、糸を引いたり伸ばしたりしていると、突然、短い竹竿にビビッと当たりが来て、ぐいぐいと引き込まれる。見ると前方の水面にハヤが跳ね、銀鱗をきらめかせるのが見える。この瞬間の「やった、かかった」というあの感覚、思い出すだけでも心がときめくようだ。

この釣りの尽きせぬ魅力はどこにあるだろうか。多くの釣りが高いところから下にいる魚を釣り上げるのに対し、アンマ釣りでは、魚と釣りをする少年は同じ流れの中、同じ水面にいる。そして、魚の衝撃を受けとめるのは長いしっかりした釣竿ではなく、まるで腕の延長のような細い竹の枝だ。こうしたことがあいまって、釣れた瞬間、小さな魚の命の躍動を全身で受け止め、感じることができる。これが、少年を捉えて離さない魅力なのだった。

糸が長く、水中で手繰り寄せるのが難しいので、子どもたちは、魚がかかると、竹の小竿を高くかかげながら静かに岸まで引っ張っていく。そして、魚を岸辺に引き寄せたところで、川原に放り投げ、確実に獲物を捕えるのである。

ところで、子どもたちに素晴らしい贈り物を用意してくれていたこの自然河川の河口に、巨大なコンクリートの堰を造ったというのは、なんという愚行だろう。洪水対策とか工業用水の確保とかいう理由が、反対運動側の反論によって、ことごとく打ち破られたにもかかわらず、国は工事を強行した。

こんなことを書くと、公安当局がマジでマークするかもしれないが、もし私が、あと余命いくばくもない末期ガンの患者であって、いつ死んでもおかしくないような状況にあったなら、強力な爆薬を身体に巻いて、堰に自らを縛りつけ、自爆したいと冗談で妻に言ったことがある。堰は破壊され、粉砕された私の肉体は、海に流れて魚たちのエサになるだろう。こうすれば、堰によって河口付近で扼殺された長良川を元に戻し、私は幼少時代に限りない恩恵を受けた川に恩返しができる。

以上のような想像はいかにも馬鹿げているが、それくらいの気持ちで長良川のことを考えている人間がいることは知ってほしいのである。

自然と自我

これまで書いてきたことは、記憶を少しずつ手繰り寄せ、努力して思い出した内容である。しかし、とくに思い出そうとしなくても、強固なイメージとして、鮮明に残っている情景がある。何か印象的な事件や出来事というものではない。ある状態、とでもいうべきものだ。

いつも遊ぶ区域の対岸に、川舟が何艘か繋いであった。当時は川の漁が盛んで、猟師たちが岸に引き上げる形で、濡れた川舟を並べて干していたのである。

まだ小学生の頃、私はいつしか一人で川に遊びにいくことが多くなり、夏休みなどは宿題をそっちのけで、昼頃から夕方まで川で過ごした。

そんなとき、対岸に泳いで渡り、繋いであった川舟の中に入り込み、寝そべって疲れた体を休めることがあった。炎天下に干された川舟の底は白く乾き、板の暖かさが体に伝わって心地よかった。陽は高く、川風は涼しく、川の水のきらめきは美しかった。私はぼんやりと広い川面を眺め、遠くで遊ぶ子どもたちの声、瀬を流れる水音を聴いていた。

このなんとはない情景と、その中にいる自分のことを懐かしく思い出すのと同時に、なぜ特段に珍しい体験でもないこの情景が時折ふと甦ってくるのかが、不思議でならないと感じていた。

最近、敬して遠ざけていた古典のひとつ、エーリッヒ・フロムの『自由からの逃走』を読み返したことがあった。心理学を近代社会史に応用した鮮やかな洞察に、毎ページ眼からウロコが落ちる思いをしたのだが、そのある章を読んでいて、私の年来の疑問が解けるように感じた。(『自由からの逃走』は東京創元社、1951年刊、日高六郎訳。原著は1941年に発表)
フロムは第2章「個人の解放と自由の多義性」の冒頭で次のように言う。

人間の社会史は、自然と一つに融合していた状態から抜け出し、周囲の自然や人間たちから分離した存在として自己を自覚するときにはじまる。

この記述は、人間が中世の古い絆から脱却して自由を獲得していく近代史の過程を表現したものである。フロムによれば、この変化は現代において頂点に達した。
これは歴史の中の人間の変化についての記述であるが、個人の生涯についても同じような過程が見られるとフロムは言う。その事例として、フロムは、R・ヒューズ『ジャマイカの風』という著作から印象的なエピソードを引用、紹介している。
さすがに原典に当たるのが難しいので、孫引きになるが、フロムが引用した部分は示唆に富む。長くなるが転記してみたい(転記にあたって途中略している部分があることを断っておきたい)。
エミリー・バスソーントンという10歳の少女に、船の上で非常に重要な事件が起こった、とこの著作は述べ、次のようにその「事件」を書く。

彼女は捲上機のうしろ、舳の右隅でままごとをして遊んでいた。……すると突然、自分は自分だという考えが心にひらめいた。彼女はぱったり立ち止まって、目のとどくかぎり、自分のからだをみまわしはじめた。彼女は上衣の前を遠く近く眺めた。ためしにあげてみた両手を眺めたほかは多くをみることができなかった。しかし自分のものと突然悟った小さなからだを、ざっと描いてみることは充分にできた。……

彼女はいちいち腕や足を動かしてみたが、手足が彼女の思うようになるのをみて、新たな驚きに打たれた。記憶を呼び戻してみれば、もちろんこれまでも手足はそのように動いていたのである。しかし以前にはそれがそんなにおどろくべきこととは知らなかった。……

いまや彼女はエミリー・バスソーントンであるという、この驚くべき事実をはっきりと認め、その意味を真剣に考えはじめた。……

このエピソードは、小さな女の子が、自分が紛れもなく自分の身体の中に宿っていて、他とは区別された独立した存在である、と悟る瞬間を描いている。

「自分は自分だ」というのは疑問の余地のない当たり前の事実である。それが驚くべき発見というのは、わかりにくいことかもしれない。しかし、人間の成長の過程で、こうした自我の覚醒ともいうべき瞬間があることは充分に考えられる。

幼いあいだは、母親や肉親と一体化し、周囲からの刺激に反応しているだけの存在で、周囲から分離して自己というものを考えたことがなかった。しかし、あるとき、自己を周りからはっきりと分離し、自分は紛れもなく自分であると感じる。そして、なぜ自分は自分で、他人ではあり得ないのかを、ほんとうに不思議に思うのである。

こうした気付きの過程はきわめて重要だと思うが、それがどのような場所で、どのように起こったのか、まず記憶している人はいないだろう。人が幼ければ、そのような出来事を記憶し、その重要な意味を考える力が育っていないだろうから、記憶の中に留まらないはずだ。

私の記憶に、岸辺の川舟が鮮明に残っているのは、身を横たえていた小学生の私に、エミリーの覚醒と同じことが起こっていたからではないか、と私は考えている。確かではないが、次のような事実は起こりうることであり、今は事実と信じたいと思うのだ。

川舟の中で、小学生の私は、水泳パンツだけの自分の身体をしげしげと眺めた。決してたくましくはない、小さな身体を、日焼けした腕や足を、しばらく眺め、動かしてみる。川舟の木の感触、手を差し伸べて感じる水の流れ、真夏の太陽と風にさらされている小さな肉体……。

こうした自然の環境の中だからこそ、私は自分の肉体の反応を鋭敏に感じとり、自分の存在を強く実感することができたはずである。そして突然、自分は自分であって、他の何者でもなく、この身体が大人になり、やがて老人になって死んでいくのだ、と自覚したのだった。

私という意識がこの小さな体の中にしか存在しないこと、他者からも長良川という自然からも分離した孤立した一個の存在であることを画然と悟ったのである。

あたかも実際にこのような出来事があったように書いたが、勿論これは現在の私の想像にすぎない。自我の自覚は時間をかけてゆるやかに形成されたかもしれないし、このとき以外の機会に起こったかもしれない。しかし、長良川の時間の中で起こったと考えるのは、美しい想像として私を捉えずにはおかない。

このような覚醒が起こったとすれば、それは、関心が周りの人間や、書籍や雑誌やラジオや、その他諸々の刺激的な存在には向かず、ただひたすら自分の身体に向く時間があったことによるものだろう。家族や友人の中での気付きではなく、自然の中にたった一人の自分を置いたからこそ初めて生まれた感覚なのかもしれなかった。

長良川は私の揺籃（ようらん）にほかならなかった。すべての子どもたちにこのような揺籃としての自然を持たせてやりたいのだが、現代はむしろ子どもたちと自然を切り離す動きを加速させている。周りに自然はあっても、さまざまな文化的、消費的な仕組みが子どもたちの生活に浸潤し、子どもたちから大幅に時間を奪っている。

遊びの教育力

川は、釣りだけではなく、さまざまな遊びの場を用意してくれていた。

釣り以外では、近所の友だちと手製の刀を作って遊んだチャンバラごっこもなつかしいが、もうひとつ忘れられないのがソリ遊びだ。堤防は秋から冬にかけて、草が枯れ、滑りやすくなる。私は廃材を利用して手製のソリをよく作った。２本の細い角材を並行して並べ、後ろに尻を乗せる部分、前に足をかける横木を渡して固定する。前の横木には縄を付け、滑るときに手綱のように持てるようにした。少年時代作った経験のある人は、ああ、あれだとすぐわかるだろう。ソリになる木は、前の下の部分を斜めに削ぎ、ソリらしくして、草の当たる部分にロウを塗る。そうするとこんな自家製のソリも良く滑る。

長良川の堤防は高いので、滑る距離はかなりある。子どもたちは思い思いの工夫を凝らした手製のソリを持って、堤防に集まった。そして、かなりの距離を下まですべり、また上に登ってまた滑った。このソリは雪の積もったときも楽しめた。

子どもの成長にとって、遊びがどのような意味を持つかは、これまでにずいぶん語られてきたし、その重要性は常識となっている。私は理屈ではなく、実感として遊びが私を育てたと感じている。

長良川のようなスケールの大きな川で遊ぶということは、街中の公園の遊具で遊ぶということとは根本的に違う。そこでは絶えず判断することが要求された。下手をすれば命にかかわることもある場所なのだ。水嵩が増えていれば、いつもは安全な場所も危険になっているだろうし、渇水で水量が少ないと、沈床に足をぶつけてケガをするかもしれない。身体が冷えすぎないように水の中に長時間いない注意も必要だ。また、炎天では帽子も持たねばならない。釣りも、エサの状態、釣れ具合をみて引き上げ時を判断しなければならない。

このように、少年たちは、一定時間、どのように遊ぶか、順序や選択、遊びの時間構成を無意識に組み立て、無数の小さな判断を積み重ねていたのである。

そしてなにより重要なのは、数人の遊び仲間と行動するとき、友だちとのコミュニケーションと調整能力が求められるということだ。そのように意識していたとは思えないが、知恵として友人との共同行動の技術が身にしみついていったのではないかと思う。

私はどちらかというと人見知りをするおとなしい少年だったが、残っている日記や、当時の写真などを見ると、いつも近所や同じクラスの子どもたちと、快活に遊んでいたようすがうかがえる。ガキ大将ではなかったとしても、なんとなく中心にいて、遊びを仕切っていたフシもないではない。長良川の堤防の下にあった我が家は、終戦の年、岐阜市を灰にした空襲で焼け、そのあと建てた粗末な平屋建ての家だった。縁側が開放的で出入り自由だったし、田舎で庭も広かったので、近所やクラスの子どもたちがいつも集まった。そして、我が家を基地にして皆で長良川へ出かけていった。

根拠はないけれども、小学校高学年から中学1年生くらいにかけての遊びは、私という人間を作ったのではないかと思う。遊具などに恵まれない貧しい時代に、とにかく自分たちで創り出し、工夫した遊びに夢中になった。

私は長じて放送局のディレクターになったが、この仕事は、どうも子ども時代の遊びと同質のものがあるようだ。なにも介入しなければそのまま過ぎていく社会の現実を、自分の構想にしたがって映像と音で切り取って収集し、それを材料に一定の時間量に組み立てて番組という形にする。

新人時代、地方局で、一人で取材に出かけ、編集し、台本を書いて番組を作る作業を繰り返した。この仕事は、今から振り返っても、ぞくぞくするほど楽しいものだった。番組にできるものがいくらでもあるような感じがして、まるで舌なめずりするように番組を作っていたことを思い出す。

もちろん専門スタッフや、出演者との共同作業もあり、コミュニケーション能力も試されるのだが、基本は子どものときの遊びの経験が支えになっていると密かに感じていた。実はこの能力は、子どもの頃一人で工夫して遊んだこととほとんど同じではないかと。

いまから10年ほど前の秋、久しぶりに長良川を訪れ、かつて遊んだあたりを歩いたことがある。少年期から40年余が経っていた。学校はとっくに終わっている時間帯なのに、子どもの声はまったくなく、無人の川原が広がっていた。堤防の上はアスファルトで固められて、車が時々通りすぎた。川辺に通じるあたりは、かつては子どもの足で踏み固められた美しい小径があった。しかし、再訪した時は熊笹が一面に生い茂り、なにか荒れ果てた感じが漂っていた。子どもの遊びの気配が消し去られていたのである。

私は何か大切なものを失ったように感じて、思い出の地をあとにしたのだった。

マルクス・方丈記・小林多喜二との出会い
——高校1年生

「記憶」の作用

老いるということの、もっとも残酷な作用は、肉体と精神の直接の衰えをもたらすということだけに限定されるものではない。いやおうなく直面せざるを得ない事態とは、自分という人間が、次第にクリアーに認識されていくことだ。いわば、人間の輪郭がくっきりと明らかになり、限界も見えてしまう、という事態に直面させられるのである。

若い頃は自らに可能性があると信じることが、私という人間を、不定形で、定まらないものとしていた。いわば「輪郭」が明瞭ではない人間と考えることが可能だった。

ここから二つの態度が生まれてくる。一つは、何か新しいことに挑戦し、「隠れた才能」のようなものを引き出して、可能性を拡大し、自分という人間の輪郭を攪乱したいという衝動である。これは多くは失敗し、幻想に終わる。

もう一つの態度は、自分の、人間としての「輪郭」が明瞭になりつつあるこの時期を利用して、さらにそれを押し進め、できるだけ明瞭に自分というものをとらえようとする姿勢であろう。こうした自己確認へ向かう衝動は、有名無名を問わず誰にもあり、その作業を意識したきっかけは人それぞれに必ずあるはずだ。

これまで、書いた文章の中で、作家、大岡昇平の文章をしばしば引用してきたが、大岡の『俘虜記』の7番目の章「季節」の中に、見過ごすことのできない数行がある。圧倒的に優勢な米軍の上陸が迫るフィリピンの孤島で、確実にやってくる死を目前に、「私は自分が何者であったかを調べてみる理由があった」と作家は書き、続いて、次のように言う。

……少年時から召集前までの生涯の各瞬間を検討して、私は遂に何者でもない、こうして南海の人知れぬ孤島で無意味に死んでも少しも惜しくない人間だという確信に達した。（新潮文庫版232ページ）

『俘虜記』は、作家の実体験に基づいてはいるが、言うまでもなく、「大岡」という、サラリーマン出身の兵士を主人公にした「小説」である。右の文章はこの作家特有のダンディズムの気配があり、作家本人がほんとうにこのように思った、という保証はない。しかし、抵抗し得ない力によって、死地に投入された自己の存在を合理化し、納得させるための兵士の諦観の表現として痛切な響きがあり、そこまで人間を追いこむ戦争の暴力への嘆きとして読むことも可能である。

私をとらえたのは「私は遂に何者でもない、無意味に死んでも惜しくない人間だと確信した」という語句だった。勿論、「遂に何者でもなかった」という認識は、ただちには「死んでも惜しくはない」という結論を導かない。そこには明らかに飛躍がある。この文章は、戦場での死がほぼ確実なものとして前途にあるという前提がなければ成立しえない、いわば死の側から生へと遡って書かれた文章なのである。

「自分が惜しくない」と思わせたものは、『俘虜記』の主人公にあっては、それまでの生涯の「記憶」であった。同時に、これに反して、過去の記憶が生きる力になる、という作用もまた認められなければならないからだ。

2011年3月に世を去った彫刻家佐藤忠良は、戦時中、中国東北部でソ連軍の捕虜となり、シベリアで長い抑留生活を経験した。私は40年近く前、美術教育のための番組で、彫刻家のアトリエに何日も通ってその制作過程を取材したことがある。その撮影の合間の雑談で捕虜になったときのことを聞いた。

佐藤忠良の所属する部隊は、優勢なソ連軍と対峙していて、今はこれまでと、最後の突撃をして死のうということになった。彫刻家はそのとき、小隊長か何か小グループのリーダーだったので、何人かの部下を率いて、突撃の命令を下そうとした。その瞬間、突然何かに打たれるように、「佐藤忠良、ここで死ぬのは惜しい」と思ったというのである。

その直後、彫刻家は、突撃するのではなく、部下を連れて投降し捕虜となった。かつての日本の軍隊では勇気が要ることだったと思うが、この一瞬の判断がなければ、戦後日本はこの傑出した彫刻家を持つことはできなかったはずである。

このとき佐藤忠良は30代前半、まだ無名であっても、新進彫刻家としての活動はあり、極限の状況で、それまでの記憶が甦ったことが生き延びようとする意思を生んだのだと思う。人間の「記憶」というものに、このような効用があるとすれば、過去に遡ることは、人間にとって「生きる」ための本能的な作業のひとつという面があるのかもしれない。

出発点としての「ある問い」

前書きがやや混乱し、長くなってしまったようだ。私なりの記憶の淵を探る試みとして、高校時代の記憶、とくに高校1年生の時期に限定して書いてみたい。それには理由がある。

最近になって、自分について何か根本的な問い、というか、解けぬ疑問のようなものが生じて、私自身に対し解答を求めている。その問いとは次のようなものである。

私はこれまで、学生時代には安保改定に反対し、社会人になってもベトナム戦争、イラク戦争にも反対し、またさまざまな労働者の闘いにも共感を持ち、支援もしてきた。若いうちは職場の組合運動にも熱心に取り組んだ。日本軍「慰安婦」や、南京大虐殺など、日本の戦争責任についても、これを追及する側に立ち、否定しようとする勢力に道義的に我慢のならないものを感じてきた。憲法9条を守ることを基本に、ささやかながら平和・民主主義の運動の側に立とうと心掛けてもいる。もちろん、それで何か役割を果たしたということは少なく、あくまで主観的にそうであったに過ぎないのだが。

しかし、あたかも自明のようにそのような側に属しているという自覚は、そうでない立場に立つこともあり得たのに、考えてみると不思議なことである。

このような、どちらかといえば絵に画いたように典型的な心性が、どうして私という人間に形成されたのだろうか？　私にとってどうして当然のものになったのだろうか？　この疑問は、これまで考えたこともなかっただけに、いったん浮かぶとなかなか消えない問いとして残り続けてきた。

右のような私の感覚、立場と、それに関する「問い」は、いかにも個人的、私的なものと受け取られるだろうが、アジア・太平洋戦争の最中に生まれ、終戦の翌年に小学校に入学し、戦後民主化の時代の空気を吸って育った世代の、共通の態度である可能性がある。私個人の記憶を探ることは、その時代のひとりの典型的な少年に会いに行くことになるかもしれない。

どうやらその謎を解く手がかりは高校時代にありそうなのである。

私は１９５５年（昭和30年）４月、岐阜市内にある県立岐阜高校に入学し、１９５８年３月に卒業した。

岐阜高校は、今でこそ県下有数の進学校であり、旧制岐阜中学校、岐阜高等女学校の後身として、「名門」ということになっている。しかし、私が入学した年度までは、小学区制が生きており、ある学区の中学生はその地域の高等学校に進学することになっていた。たまたま私の中学校の学区が、岐阜高校に行くことになっていただけのことで、この有名進学校を選んで入学したわけではない。したがって、高校入学後も進学校の緊張感や競争の空気はそれほど強くはなく、自由でのびのびした高校生活を送ることができた。

残念ながら、私の入学した翌年、この小学区制が廃止された。これはエリート教育が必要だとし、過去の名門校意識にこだわる保守層が、教師たちの反対を押し切って進めた反動的な教育制度の改変で、小学区制の廃止は、それ以後の日本の高校と中学教育の荒廃を生む最大の愚行であった。

私たちは、こうした反動政策の直前の、小学区制の恩恵を受けた最後の生徒だった。このことの意義は決して小さくない。大学受験準備の圧力がさほどなかったせいか、当時の日記風のメモをみると、毎週のように映画館に通い、また小説などもよく読んでいた。こうした牧歌的な高校生活だったことと、最初の「問い」で示した私の姿勢の形成とは、証拠を示せないけれども、きっと関係があるように思う。

「剰余価値学説」の衝撃

高校時代に、前述の「問い」にかかわる重要な思い出、エピソードが三つある。いずれも高校1年生、15歳から16歳にかけてのことだ。

第1は、「一般社会」の授業で、カール・マルクスの「剰余価値学説」の解説を聴いたことである。資本主義生産で、どのような仕組みで搾取が行われるかの平易な解説で、これには心底驚いた。マルクスの「剰余価値学説」と、今は言えるが、授業を受けたときはもちろんそんなことは知らない。

一般に、小学校から高校まで、印象に残って記憶している1時間の授業があるか、と問われたとき、答えられる人はそれほど多くないだろう。教師の名や顔は覚えているが、授業の内容は忘れてしまいがちなのである。しかし、この「一般社会」の授業は、55年も前のことでありながら、黒板に書かれた内容が思い浮かぶほどの記憶がある。授業をしてくれたのは、岐阜高校が2番目の勤務校という若い教師、森永司先生であった（森先生のことは後で書かせてもらう）。

この授業は、あとでわかったことだが、マルクスの『賃金、価格および利潤』に基づいていた。マルクスが１８６５年、第一インターナショナルで行った報告の内容である。その報告原稿が、１８９７年、盟友フリードリッヒ・エンゲルスの遺品の中から発見され、翌年に労働者向けのパンフレットとして刊行された。資本論で展開される理論のエッセンスが、労働者向けに平易に解説されていることで、マルクスの経済理論の入門書として重要な位置を占める。学生時代、この有名な古典を読書会などで読んだ人はかなりいるのではないだろうか。

授業で取り上げられた内容は、成人してから『賃金、価格および利潤』のこの部分である、と、のちに気づくことになるが、それはおそらく次のようなものだった。

以下、ちょっと理屈っぽい文章になって恐縮だが、16歳の少年を震撼させた理論がどんなものか知ってほしいので、しばらくお許し願いたい（引用文献は服部文男訳『賃金、価格および利潤』〈『賃労働と資本』とあわせて１９９９年に新日本出版社から刊行されたもの〉を使用）。

マルクスの経済理論では、あらゆる商品に、その交換を可能にする共通の価値が含まれており、価格はその価値の貨幣による表現である。その価値は、生産物を得るのに必要な労働の量によって決定される。具体的には、その生産物を生み出すのに必要な社会的平均労働時間が商品の価値を決める。これは原理であって、価格はさまざまな要因で変動するが、この労働時間の量による価値、という中心点に絶えず引き戻されることになる。

以上の前提のうえで、マルクスは、労働者が工場で賃金を受け取って働く過程の考察に入っていく。

賃金は、労働者の労働に対して支払われるように見えるために、言い換えれば、労働者は「労働」という商品を資本家に売っているという外観を呈するために、労賃は「労働」の「対価」だと考えられてきた。これは自然な受け止め方であった。

しかしこれでは、経済学は「労働」という商品の価値がどのように決まるか、という問いに答えることができない。1時間の労働の価値は1時間働いたことから来る、といった同義反復の混乱に陥る。

これに対しマルクスは、労働者が資本家に売るのは「労働」ではなく「労働力」であることを明らかにした。

この点について、エンゲルスは、マルクス以前の経済学が、「労働」の対価とか、「労働」の売買とかいう限り、袋小路に入ってしまったと述べ、「その袋小路から出る道を見つけた人がカール・マルクスであった」と評している（前掲文献の解説より）。

賃金は「労働」の対価ではなく、「労働力」の対価であるという指摘は、現象の奥にある本質を知った、という快感とともに、マルクス経済学を初めて学ぶ者は、たいてい眼からウロコが落ちるような思いで受け止めたはずだ。私もそのひとりだった。

前掲参考文献から、マルクス自身の言うところを書き出してみる（途中の説明を省略しつつ重要な部分のみの引用になるので、詳しく知りたい方はぜひ原典に当たっていただきたい。傍線部分は原書ではイタリック体）。

労働者が売るものは、直接彼の労働ではなく、彼の労働力であって、彼は労働力の一時的な所有権を資本家にゆずりわたすのである。（前掲書141ページ）

では労働力の価値とはなにか？　他のすべての商品の価値と同じように、労働力の価値は、それを生産するのに必要な労働の量によって決定される。（同143ページ）

労働者は、家で食事をしたり、休んだりして労働力を回復、維持し、働き続けなければならない。自分に取って代わる子どもを育てたり、労働に必要な技能も習得する必要もある。こうした労働力を維持、再生産するための生活必需品その他の価値が、商品としての労働力の価値を決める。その生活必需品は、当然、一定量の労働の表現である。したがって、「労働力の価値は、それを生産するのに必要な労働の量（＝生活必需品の価値）によって決定される」ということになる。

マルクスは、この前提から、資本制生産での搾取の仕組みを暴いていく。

いま、一人の労働者の毎日の生活の必需品の平均量を生産するのに六時間の平均労働が必要であると仮定しよう。さらに六時間の平均労働は、これまた、三シリングにひとしい金の分量に実現されているものと仮定しよう。そうすると、三シリングがその人の労働力の価格、つまり労働力の一日の価値の貨幣による表現になるだろう。（同145ページ）

マルクスはこの仮定で、もしこの労働者が1日3シリングで労働力を売るなら、彼はそれを価値通りに売ることになる、と続ける。この3シリングは、6時間の労働に対応するので、労働者は3シリング受け取る代わりに6時間分働けばいいわけである。この時間分は労働者が「正当に」賃金を支払われた時間になる。

ところが、資本家は、労働者から「労働力」を買ったのである。この商品は生きた人間の能力そのものであるから、この6時間を超えて働かせることは何も妨げられない。資本家はこの6時間を超えて、例えば1日12時間、労働者を働かせることは充分ありうる。

だから紡績工は、彼の賃金、つまり彼の労働力の価値を補填するのに必要な六時間を超過して、もう六時間働かなければならないことになる。私は、この六時間を剰余労働時間と名づけることにする。そしてこの剰余労働が体現されたものが、剰余価値であり、剰余生産物である。（同148ページ）

つまり、この想定されたモデルケースの場合、外見上は賃金はあたかも12時間の労働に対して支払われたように見えるが、実は12時間の労働の中に、一部が支払われて、他の部分が不払いの部分「剰余労働」の時間があることになる。労働者は自分の生産した全生産物のうち、一部しか取り戻すことができないのである。

ここは本来かなり説明を要する部分だが、私のこの文章はマルクス経済学の解説が目的ではないので、労働者が働く時間の中に二つの種類の時間がある、ということを知ったときの少年の衝撃を想像してもらえば足りる。

右のような仕組みこそ、資本主義的生産における賃金制度の基礎であり、労働者を労働者として、資本家を資本家として再生産するという結果を絶えずひき起こさざるを得ないものなのだ。

これは決して理論上仮定された話ではなく、資本主義社会の現実がこの理論を裏付けている。資本家はあらゆる手段を使って、不払い労働時間（剰余労働時間）の比率を高め、より多く剰余価値を取得しようとするだろう。それに比べ、賃金の増加はそれほどではない。

一方ではかり知れない富と、買い手たちがさばくことのできない生産物の過剰が作り出される。他方では、社会の大衆がプロレタリア化し、賃労働者に変わる。一方に低賃金と貧困、一方に大きな利潤と富裕層が形成されるのである。

以上はマルクス経済学のまことに初歩的、入門的な内容である。多くの解説者が行うように、森先生の授業では、黒板にたしか縦に図形が書かれ、上半分の6時間の部分に「支払い労働時間」「必要労働時間」という文字が記入され、下半分の6時間に、「不払い労働時間」「剰余労働時間」という文字が記入されたはずである。

俗な言い方で言えば、16歳の少年であった私は、この解説に、「そうか、このように労働者は搾取されるのか」と、トリ肌が立つような思いで深く納得し、共感したのだった。しかし考えてみると、私がそのように受け止められる心理状況になければ、ただの授業として、そういうものかと思っただけであろう。「そうだったのか」と衝撃を受けるには、下地となる心情がなければならない。

ここからは証拠になる資料がないので、あくまで想像になる。

なんとなく記憶しているのは、当時の私には非常に素朴な少年らしい正義感があって、なぜ多くの人びとが貧困で、虐げられる存在なのか、という問いを絶えず考えているようなところがあった。身の周りのこともさることながら、社会の動向に感応することの強い少年だったように思う。今から見れば、幾分滑稽で、微笑ましいものではあるが。

この「正義感」はどこから来たのかわからない。生得的なものか、誰かの影響だったのだろうか。あるいは、貧乏な少年が迫害に耐えるといった少年小説の幾つかの作品を小学生低学年で読んだことや、当時多かった労働者の立場にたつ映画の影響があったかもしれない。

このとき、森先生の授業で聴いたマルクスの理論は、単に搾取の仕組みを明らかにしただけでなく、矛盾に満ちた社会を変革する実践を求める革命的な性格のものだった。少年の私の奥底を動かした真の理由は、単に知識を得た喜びだけではなかったかも知れない。社会でどう生きるか、という問いかけを含む理論だったからこそ、少年の心に深く届いたのではないか、と今は思い当たるのである。

「方丈記」批判

二つ目のエピソードは国語の古文の授業で起こったことだ。

たび重なる転勤、引越しを経ても、今も手もとに、高校1年のときに、ある先生からもらった長大な手紙を保存している。大切な宝物のような手紙である。

書いてくれたのは、国語の古文の授業を受けた島尻尚子(たかこ)先生だった。島尻先生は、新人教師として岐阜高校へ赴任したばかりで、当時22～23歳だったと思う。

手紙は、ノートの用紙を切り取った紙に「鴨長明の生き方について」と題された文章が、細かい美しい字で、びっしり7ページにわたって書かれている。試しに概略の字数を計ってみたら、1行約40字で160行もあった。四百字詰原稿用紙で16枚、内容は『方丈記』とその作者鴨長明の生き方について、本格的な考察とも言えるものである。島尻先生は1年生の私がいたクラスの副担任だったが、当時それほど親しくしてもらっていたわけではなく、私は大勢の生徒の一人に過ぎなかった。

なのに、どうしてこのような手紙が、私宛に書かれたのだろうか。

『方丈記』は重要な古典として教科書にあり、その授業が終わった時期に、島尻先生は生徒たちに、『方丈記』とその作者鴨長明について感想を書かせた。その中にあった私の感想を非常に気にされて、懇切な手紙を書かれたものと思われる。肝心の私が書いた感想はさすがに残っていないが、先生の手紙の端々から私が何を書いたのか推察することはできる。

よく知られているように、『方丈記』は、鎌倉初期、作者の鴨長明が、仏教的無常観に基づいて世相を描きつつ、終には山中の庵に独居するに至る自伝的な随筆文学である。生徒たちの多くは、こうした世捨て人のような生き方を現実世界からの逃避として批判したのだろう。たぶん私もそうだったにちがいない。

それは、先生の手紙の中に、「貴方は、こんな山中へ入って生活して聖人ぶるような人間の作品にどんな価値があるか、と云っている……」とか、「俗塵に馳する人々の生活にこそ真実がある、と考える貴方の意見……」とか「貴方も指摘しているような、仏教的なうすぐらいあきらめ、その下で僅かに弱々しい喜びを得ている長明の生き方……」といった文章が含まれているので、私がどのように鴨長明を批判したのか、考えるだけで恥ずかしいが、大方は想像できる。

きっと私の感想は、他の生徒のそれに比べ、かなりラジカルな『方丈記』否定だったらしい。先生はこのままにしてはいけない、と判断されたのだろうか６４００字に及ぶ「生徒への手紙」で応える決心をされたのだった。

ただ、先生は、私の感想を頭ごなしに批判してはいない。私の直線的で稚拙な感想をそれなりに尊重して、違う形で長明の人間的な弱点や矛盾を精緻に論評されてもいた。そうした綿密な配慮のあと、基本的なところではきちんと次のように書かれている（長い手紙のごくごく一部分であることを断っておきたい）。

俗塵に馳する人々の生活にこそ真実がある、と考える貴方の意見、正しいと思います。しかし、もしその貴方の意見が、更にすすんで、長明の生活には全く真実が無かったと結論するとしたら、それは又考えが足りないとしか云えない。人間一人ひとりの生活には、どんなに傍からみたらつまらぬものでもその人なりの真実がある。（中略）消極的であり、矛盾に満ちてはいたけれど、長明には長明の、かけがえのないせいい一ぱいの生活があったのだと認めてやるわけにはゆきませんか。

特に古典文学の場合に、現代の社会状態と合わないから価値がないと断言してしまうことは危険です。その作品が書かれた社会事情の中にそれを置いて、価値を考える必要があるし、又、文学というものの持つべき姿の上からも判断する必要がありましょう。

文学が、人間の精神や感情を基礎にして作られたものだと云うことを忘れてはいけない。それを書いた人間の心になりきって理解してやる必要があります。その上で批判すべきです。

批判精神のない所には進歩も何もありません。批判精神は常に必要ですが、それは何のためにかといえば、自分自身がどのように生きるかを真剣に考えるためにです。貴方の持っている批評精神をうれしくたのもしく思います。どうかそれを正しく伸ばして行っていただきたいと思います。

この懇切かつ妥当な助言を、当時の私がどのように受け取ったか、残念ながら記憶が定かではない。しかし、私が老齢まで大事に保存し続けたという事実は、この手紙がただならぬ重要なメッセージとして少年の心に響いたことを物語っている。浅薄で単純な批判を戒められた、とたぶんそのとき感じたのだろう。

今の私であれば、８００年の歴史に耐えて読み継がれたこの随筆文学の傑作を、名利を捨てて山間に篭り、自己の持つ矛盾を見つめた、厳しい自己観照の文学として、敬意を持って読むことができるし、疫病や大地震や、戦乱の中の悲惨な時代の様相を冷徹に描いた作者の強靭な精神もまた感じ取ることもできよう。

しかし、マルクスの搾取の理論に感激した正義感と、社会的実践の意思に捉えられた16歳の少年はあまりにも稚く、このような高度の文学の精神や、暗い時代を生きた知識人の苦悩を理解できるはずもなかった。

長い手紙は、一字の乱れもない。かと言って下書きがあって清書されたとも考えにくい。あたかも生徒に語りかけるような調子で、想念が次々に湧き出すように書かれている。若い教師としての強い使命感や、書かずにはいられない、という熱意もまたひしひしと感じられるものだった。それは授業についての次のような文章によってもわかる。

この題材は、思想的に云って相当むずかしい。特に新しい世界観、社会観に、社会科などによって馴れて来ている貴方方には反撥こそ感ずれ、共感などというものは薬にしたくもないものかもしれない。たとえそれでもいいから、私は古文をたゞ文法の実例の説明みたいなもの、試験のためだけみたいなものにしたくないから、少しでもみんなに〝考えて〟ほしいと思って、あえて現代生活から皆の批判を求めたのです。

改めて思うのは、この時の授業が、単に文章を解釈し文法の説明をして、「覚えておきなさい」という知識注入型のものではなかったことである。作者や作品、そしてその時代について、生徒に深く考えさせようとした授業だったのである。ここには生徒を一人の対等の人間として尊重し、その発言に全身で向かい合う教師の姿があったのだと思う。

島尻先生夫妻のこと

その後、「剰余価値学説」の森永司先生と古文の島尻尚子先生とは、特に交流もなく、永い年月が流れた。

ところが、高校1年の頃からちょうど50年後の2005年4月、思いがけないことが起こる。ポストに一通の手紙があり、裏を返してみると「岐阜市長良……島尻尚子」とあるではないか。このときの驚きをどう表現したらよいかわからない。

いくら長い手紙を書いたことのある相手とはいえ、半世紀も前に授業を受けていた数百人の生徒のうちの一人を思い出すことがありうるのだろうか。

手紙は次のような文章で始まっていた。

突然手紙を書きます。『婦人通信』4月号に貴方のお名前と文章を発見して、わぁ戸崎くんだ、と大感激して読みました。（いつまでも子ども扱いだと怒られますね。ごめんなさい）……

NHKに政治家の圧力が加えられ、番組内容が歪められた事件をめぐって、この年の1月、当時の番組デスクだった長井暁氏が記者会見で政治圧力について内部告発をし、大きな注目を集めていた。私は、婦人団体連合会の由緒ある機関誌『婦人通信』に、依頼されて短いコメントを書いた。島尻先生はこの雑誌の創刊当時からの読者で、そこに偶然私の名前を発見されたのである。私の住所は同窓会名簿か何かで調べられたのだろう。

実は、「一般社会」担当の森先生と島尻先生は、岐阜高校勤務時代の1957年に結婚されていた。お二人が結婚されたのは私が3年生のときで、かすかに記憶にある。

2005年の尚子先生の手紙をきっかけに、ふたたび交流が生まれたが、その中で当然、永司先生の近況もわかり、私に影響を与えた二人の先生がご夫婦で元気で暮らしておられることを知って嬉しかった。

森先生は結婚して島尻姓を名乗られた。結婚のとき協議してそうされたものと思う。いかにも民主的な教師らしいお二人の選択と言える。

高校時代のことを回想して書くにあたって、両先生に当時のことを教えてほしい、と、質問項目を添えてわがままなお願いをしたところ、時をおかず懇切な手紙をもらった。

その返書には、かつて両先生と岐阜高校で同僚であったこばやしひろし先生の自伝『ここに根づいて』（あかり書房、1981年）も入っていた。

こばやし先生は本名を小林宏昭と言い、私は3年生のとき、世界史の授業を受けている。岐阜市に根拠をおく「劇団はぐるま」の創立に参加し、その劇作家・演出家として、地域に根づく文化運動を牽引してきた人である。作品としては、江戸時代の農民の闘いの調査に基く戯曲「郡上の立百姓」が有名で、中央の演劇界からも高く評価されていた（小林先生は惜しくも2011年2月に亡くなられた）。

両先生の手紙と、この2冊の書籍から、当時の高校教師の実践の状況をいくつか知ることができた。

私が永司先生に出した質問は、どうして当時あのような自由な授業ができたのか、それを可能にした職場の雰囲気はどんなものだったか、といったことだった。

永司先生の回答にはこうある。

……その頃、岐阜高校に山本尭、小林宏昭両先生がおられ、組合運動（岐阜県高等学校教職員組合）や、当時歌ごえ運動と並んで盛んだった学習サークル運動の中で両氏の影響を受け、社会科学の目も開かれた。

当時、多分どこかの学習会テキストとして使ったマルクス『賃金、価格及び利潤』長谷部文雄訳、岩波文庫は書き込みや傍線があり、赤茶け壊れそうになって今も本棚にあり、懐かしい。

ここで小林先生とは三年間同僚。矢張り若手の社会科F先生を入れて三人で順番に研究授業を行い、研究会を持ち、互いに忌憚のない意見を述べあい、授業研究を行った。

これは非常に貴重な実践の記憶である。特に高校ではお互いに授業を公開して研究するなど稀であるからだ。

小林先生の『ここに根づいて』にも、同じ時期のことが書かれている。

当時は、学校内に人事委員会というものがあり、選挙で選ばれ、校内人事について校長に進言し、諮問に答えていた。

また、地区にも各校の人事委員長によって地区人事委員会が構成され、校長、教頭候補を推せんし、教育委員会に答申していたのである。教育委員会は、その中から校長、教頭候補を任命していた。(中略)

また人事委員も組合の分会役員を選ぶのと違って、校内でも教師経験豊かな人を選んでいた。教師に何の不安もなかった時代と言っていい。(『ここに根づいて』１２６ページ)

しかし、教育委員の任命制への切り替えが時の政権によって強行採決されたあたりから、雲行きが怪しくなった、とこばやし先生は続けている。最終権限は校長にあるとして、教育現場の管理強化が進み、教師の自主研修も冷たい目でみられるようになっていく。

永司先生、小林先生の回想からは、当時、現場教師に一定の権利が保障され、そのもとで自主的な研究、学習活動が盛んに行われていたようすがうかがえる。職場における民主主義と、教師の自由な精神の保障が、豊かな教育を生み出す力になっていたと想像できる。

私はすぐに放送局でも同じだと思った。局内に職場民主主義があり、成員の思想、良心の自由が一定の条件であれ保障されていれば、それは放送内容の豊かさ、多様性を担保するはずである。また、現場の労働者が幹部を選ぶのに関与する、という制度があれば、局長や理事に信望のあるジャーナリストが選ばれる可能性が生まれ、見識のない阿諛者が就くのを防ぐことができる。

生徒との双方向の授業

尚子先生には、高校時代にもらった長い手紙のコピーを送り、それが書かれた事情と、新人教師時代、どんな姿勢で授業にあたっておられたかを質問した。今回届いた手紙には、そのあたりのことも書かれている。さすがに55年前の手紙がご自分のものか、半信半疑のようすがうかがえるのが微笑ましい。

……改めて読み直すとひどくくどくど書いていますね。だとしたら、貴方の「感想」は「問題をはらんでいた」のではなく、ああした長明の生き方に満足しないのは若者の当然だし、それを突いてきた鋭さを感じ取ったのだと思います。「戸崎くん」といえば、多くの場合、黙ってじっとこちら見て（見とおして）いるようなところが感じられる人でしたから。ただ鋭いだけでなく、その裏にある人間の弱さにも目を向けてほしいし、隠遁者の長明に余り共感されては困るので、あんなああでもない、こうでもないという手紙を書いたのではなかったかしら……

私が「敏感で繊細な子」であり、「黙ってじっとこちらを（見とおして）いるような」少年であった、という文面は、その肯定的な響きによって、何か私を安堵させるものがある。続いて尚子先生は当時の教師としての姿勢も次のように振り返っておられる。

……生徒が自分の授業をどう受けとめてくれているかをどうやって知るか、どうその不満や要求に応えるかは大きな問題だったのですが、いろいろの試行錯誤の結果、いつか「授業ノート」という形に定着しました。（中略）年度の初めに、クラス毎に一冊のノートを作り、授業一時間一人のノルマとして何かを書いてもらう、質問でも感想でも。それに私が返事を書いて返し、その子から次の子にリレーする。軌道にのると、書いた本人以外にその周囲の友人たちもどんな返事がきた？と取り合って読む光景もみられました……

「授業ノート」は、授業をめぐる教師と生徒の双方向のコミュニケーションを実現し、クラス全員の共有財産となったのだろう。しかし、これは簡単なことではない。

当時、高校教師は週に23〜24時間の授業を持っていたから、週にそれだけの数の返事を書くことになる。生徒全員が提出したレポートや感想文にも赤ペンで批評を返す作業もある。この他教材研究、採点などもあり、毎晩11時頃になっても、「まだ11時だ」と、それからまた仕事という毎日だったと尚子先生は回想されている。

この「授業ノート」は、実は永司先生が実践していたもので、尚子先生はそれを取り入れたのだった。永司先生も尚子先生も共に、生徒が考え、主張する人間として成長することを願って授業をされてきたのだった。

私が最初に「ある問い」として書いた姿勢、心性は、決して自力で到達したのではなかった、と今あらためて気付かされる。それは、若い頃の永司先生、尚子先生、小林先生、といった当時の若い教師たちの清新な実践に支えられ、支援されて形成されたものだった。

小林多喜二『防雪林』との出合い

さて、最後に3番目の記憶について書いておかなければならない。これが私にとっては他の二つの思い出にもまして決定的な出来事だった。

私の手もとにある数少ない少年期の保存資料の中に、古びた自由日記がある。昭和29年東京堂刊となっているので、中学3年の冬この日記を買い、高校1年へかけて使っていたようだ。空白のページが多く、書かれているのは日記ではなく、下書き稿や文章の断片で、おそらくどこかへ提出するためのものであろう。中学の同級会の会則の案、中学の卒業式で読み上げる謝辞の下書き、読書感想文の下書き、などが、推敲のあとを残して乱雑に記入されている。

その中に読書感想文の下書きが二つあった。一つはロマン・ロランの『ジャン・クリストフ』の長い感想文、もう一つは小林多喜二の小説『防雪林』の感想である。本稿にとっては後者が重要である。

これらが高校1年のときのものであることは確かで、清書した原稿がどこに提出されたか、本当に提出されたかどうかは不明である。あるいは高校生向けの雑誌の読書感想文募集に応募するものだったかもしれない。

『防雪林』についての下書きは、「『防雪林』を読んで~この作品は何かの『前進』のあしあとである~」という標題がついており、その冒頭はこう書き出されている。

『防雪林』に描かれている主人公源吉、また小作争議やその舞台となる石狩のだだっぴろい平原とそこに生活する人々、これらについて私はいままでにない新鮮な感動を覚えた。

このあと、感想は、ところどころに主人公や事件の考察もはさみながら物語のあらすじを追っていく。たとえば次のような調子だ。

　こうした農村の人びとに北海道の冬がやってきた。彼らは地主に収めるものには手がつけられなかった。しかし、それでは冬が過ごせる事は不可能であった。なぜなら地主に収めるもの以外のものは殆どないに等しかったから。（中略）米は殆ど食べられないで、菜っぱだけを白湯のような味噌汁にして三日も四日も食っていた。そして百姓たちは本気になっていった。

……

　こうした文章を見ると、私が当時この小説の世界に深く入り込み、全身で読んでいたことがうかがえる。

　小林多喜二の『防雪林』は、当時北海道で闘われていた小作争議を題材に、悲惨な小作農の生活と、警察権力と結びついた地主層の横暴、暴虐な弾圧、といった状況を、荒削りながら鮮烈に描いた中編小説である。１９２７年から１９２８年にかけて、多喜二25歳から26歳にかけて書かれた。

　多喜二は、この作品をさらに改稿しようとして、ノート原稿のままにとどめていた。のちにこの原稿を原型にして、『不在地主』という作品が発表されたが、『防雪林』はそれとは別個の作品として評価が高い。

　原稿ノートは、多喜二が警察権力に殺害された14年後の１９４７年、全集編纂の過程で発見された。１９５３年頃、岩波文庫ほか各出版社から相次いで刊行されたので、私はそのどれかを読んだ

のであろう

物語は寡黙な農民源吉を主人公に展開していく。不作の年、深刻な生活難に苦しむ農民が小作料の減率を求めて立ち上がり、地主に嘆願に向かうが、待ち構えた警官隊に検束され、警察署内で拷問、暴行を加えられる、主人公の源吉も鞘のままの剣で滅多打ちにされ、気を失うほどの拷問に遭う。当時の天皇制警察の弾圧がどのようなものであったかが迫力のある筆致で描かれている。

しかし、この作品は単に農民の悲惨な生活、支配層の暴虐を描くだけにとどまっていない。農民の闘いが組織され、やがて無残にも潰される過程が丁寧に辿られる中で、作者は農民搾取の基本的な構造、根本的な解決の方向を、具体的なエピソードをもとに示唆している。全体を通して、主人公源吉を、そこへ向かっていく農民の形象として豊かな肉付けで描いた。

このことは私の「下書き稿」の、次のような文章にも反映している。主人公について、当時の私が精一杯考えた解釈である。

……このようにして源吉の眼は少しづつひらいていった。彼は農村が生んだある一つの典型であった。(中略)長い歴史を通じて百姓が下積みになってきた、その歴史のなかからまれに力強い性格が生じた。彼は突然とびだしたものではなくて、長い間かかって生物が進化をつみかさねていくように、「百姓」全体が彼のような人間像をつくりあげてきたのだった。

この小説が、厳しい告発の文学でありながら、図式的、教条的にならなかったのは、多喜二自身が貧農出身であることや、現実の小作争議の取材に基づいていたからであろう。とくに農民の悲惨な生活のディーテイルや、主人公の鬱屈した怒りは、作家の胸のうちから迸(ほとばし)り出るかのような荒々しい文体によって、読者をまるでその場に立たせているかのように伝わってくる。農民を描いた文学として文学史の上で屹立した存在という評価は頷ける。

私の感想下書きの次の部分をみると、高一の少年がこの作品の力にいかに捉えられていたかが分かってもらえるだろう。

……地主というものと、それと結びついた警察の「拷問」の場において、はじめて自分たち「百姓」というものがどんなものであるかが分かるのである。かまきり虫のような敵が分からず、分かろうともせず、蟻やケラのように惨めに暮らしている百姓達が源治には、はっきり見えるのである。(中略)

警察よりの帰り、ゴウゴウと吹雪く雪のなかで歯をギリギリかんだ源吉は、そのままこの作品なのであり、作者なのであり、あるいは又読む者でもあるのである。……

私の感想下書きには「この作品は何かの『前進』のあしあとである」という副題がついている。この意味は今となっては思い出せないが、作品の中の農民闘争の前進、そして後に『蟹工船』の成熟に至る作者多喜二の作家としての前進、この二つの二重の「前進の軌跡」を感じてのことだとすると、少年にしてはなかなかの副題だったと褒めてやりたい気がする。

私の感想文は、当時のもっと早熟な少年たちに比べれば素朴な、浅いものだろう。しかし、それはたいした問題ではない。私にとって大きな意味を持ったのは、少年期にこの作品と小林多喜二という作家に出会ったことだった。

虐殺された人びと

多喜二は、その後、共産党員作家として、『一九二八年三月十五日』『工場細胞』『党生活者』『蟹工船』など、重要な作品を発表していく。しかし時代は、日本の軍国主義が凶暴な姿を現し、中国に対する侵略戦争が始まる時期だった。共産党員であるというだけで投獄され、指導者は捕らえられれば死刑、無期、を覚悟しなければならなかった。

1933年2月20日正午すぎ、多喜二は築地警察署の特高刑事に逮捕され、同署内で警視庁特高中川、山口、須田らの拷問により午後7時45分に死亡した。わずか29歳であった。遺体が自宅に返され、周りを母親や友人たちが囲んでいる写真を出版物で見た人も多いだろう。下半身はどす黒く腫れ上がり、長時間にわたって竹刀などで殴打された痕が生々しい。

多喜二の文章に接した人びとの多くは、この作家が比類ない優しい青年であったことを指摘している。その作品は貧農や虐げられた労働者への共感と、同じ立場に立とうとするヒューマンな姿勢に裏打ちされていた。小説だけでなく、肉親や恋人田口タキに宛てた手紙の内容もまた人間的な優しさに満ちている。

そのような青年作家を、抵抗力を奪ったうえで、死ぬまで殴り続けた天皇制警察の残虐さには、今も言葉もない。殺された理由は、多喜二が、労働者農民の立場に立ち、侵略戦争に反対することを明確にしていた共産党員だった、ということ以外にはなかった。

現代史の歴史書の多くが紹介しているように、当時の共産党は、綱領的文書「二七テーゼ」に基づき、君主制の廃止、民主共和制の樹立、18歳以上の男女普通選挙権、言論、出版、集会、結社の自由、8時間労働制、帝国主義戦争反対、植民地の独立、といったスローガンを、官憲の弾圧の目をくぐって国民に訴えていた。終戦から20年も前のあの暗黒の時代に、これだけの主張を掲げた先駆性は誰もが否定しえない。その主張のほとんどは、現在の日本国憲法の内容となって実現している。

天皇制権力は、この共産党の主張に恐怖し、繰り返し弾圧を加えた。最初の大がかりな一斉検挙は1928年3月15日に行われ、16000人にのぼる党員と支持者が検挙されて、警察の留置署内で厳しい拷問にかけられた（三・一五事件）。多喜二はこの弾圧と凄まじい拷問のようすを小説『一九二八年三月十五日』でリアルに描いている。1933年の多喜二虐殺は、非人間的な拷問を暴露された警察の、作家への報復の意味を持っていた。

全国的規模の弾圧は続き、1928年から1930年の3年間だけをとってみても、検挙者1万4492人、起訴者1325人を数え、党は根こそぎといってよい壊滅的な打撃を受けた。その後も戦争に反対する左翼勢力は大規模な弾圧にさらされたが、捉えられた人びとは獄中でも屈せず、反戦平和の旗を降ろさなかった。

しかし、何人もの共産党員が拷問で殺され、また拷問による衰弱と劣悪な獄内環境の中で獄死した人びとも少なくなかった。その中には少なくない女性運動家も含まれている。この時期に検挙された女性たちの人間像は、広井暢子『時代を生きた革命家たち』（新日本出版社、１９９８年）に描かれている。後に調査によってその生涯が明らかにされた伊藤千代子などが典型例で、彼女は三・一五事件で検挙されたあと、拷問の末、衰弱が進み、拘禁中に24歳で病死した。同じような運命をたどった人びとは枚挙にいとまがない。

しかも、当時は共産党員は「国賊」「非国民」であり、同情したり支援したりすることはタブーだったので、親類縁者からも支援を受けられず、彼らは厳しい孤立の中で死ぬほかはなかった。

「思想」の生命力

私が高校1年生の頃までには、アジア・太平洋戦争における日本軍国主義の被害が、国民にしだいに明らかにされていた。中国大陸における「殺しつくし、焼きつくし、うばいつくす」「三光」と呼ばれる残虐行為、東南アジアへの侵略の実相、また、国民を戦争に動員する抑圧的な体制と、戦地に送られた兵士の悲惨、そして空襲、原爆などによる無辜の民衆の膨大な死、といった、戦争の真実にかかわる記録が少しずつ伝えられるようになっていたのである。

当時の私は、当然そのような真実の暴露に幾分かは接していたように思う。過去の戦争はこのようなものだったのか、という強い驚きの気分は記憶にある。

とくに、そのような暗黒の時代に、戦争に反対した人びとがいた、という事実は、マルクス剰余価値学説と同じように、少年の私を震撼させた。それが虐殺された多喜二の小説に関心を向かわせた理由であったことはほぼ間違いない。

多感な時期の人間であれば、労働者搾取の仕組みを知ったこと、戦争に命がけで反対した人間の存在に気づいたこと、この二つの事実を、人間の生き方にかかわる衝撃として受け止めたのは自然である。この時期に考えたことは、私がその後も絶えず立ち戻るべき水源のような役割を果たした。

フランスやイタリア、ドイツでは、第二次大戦後、戦争中にナチに抵抗して斃れたレジスタンスの人びとは英雄として顕彰され、その闘いの物語は国民に共有された。しかし、日本はそうではなかった。戦後のわずかの期間を除いて、占領軍アメリカは日本共産党を非合法化し、中央委員を公職追放した。また、全国の企業で、共産党員もしくはその支持者とみなされた人びと、労組活動家らを、根拠もなく職場から追放する大規模なレッドパージを行った。思想信条による差別を禁じた憲法を無視する超法規的かつ理不尽な弾圧で、ＮＨＫでも１００人を超える人びとが職場を追われた。

その一方で米占領軍は、戦時中の軍国主義者の公職追放の解除を進め、戦争責任の免責を行った。その後、Ａ級戦犯の岸信介が首相になり、国民がそれを受け入れるという信じがたい事態さえ生まれた。この流れを引き継いで、侵略戦争を反省しない右翼的な潮流は、現在に至るまで依然として政治支配層の中核にある。

こうした状況は、戦時中の抵抗者を正しく顕彰しなかったこととあわせて考えると、日本国民が戦争を本当には反省していなかったのではないか、と疑わせるほどの事態である。

戦後も続いた共産党への激しい弾圧は、戦時中の「非国民」「国賊」という国民の意識を維持させ、「アカは怖い」「近づかないほうが身のため」という意識を、国民のDNAに刷り込むことになった。これは程度の差はあれ、現代の日本社会になお広く根づいている。

幸い小林多喜二に深く捉えられた少年の私は、そのような偏見から自由であった。だから「しんぶん赤旗」から依頼があれば放送批評のコラムへの執筆を断らないできている。


読者は、私が過去の記憶に迫るように見えて、実は現在の私を語っている、ということに気付かれただろう。人にとって記憶の記述とはそういうものである。人が記憶を語るとき、その選択は往々にして恣意的であり、美化を伴うことは避けられない。それは記憶、というより「思い出」と言ったほうが適切だ。「思い出」とは「価値観を伴う記憶」であるからだ。

しかし、この文章の最初のほうで概括した自分の心情的傾向の出発点が、少年期に感じた労働者搾取への怒り、戦時中の共産主義者の闘いへの共感、という、実にプリミティブな、素朴な感情であった事実は動かない。

時代の空気から言って、このような感情が私だけにあったとは考えにくい。同世代の少年、少女たちの一部に共通のものだった可能性がある。その少年少女たちは、数年後、60年安保闘争の大きな波の中に身を投じ、さまざまにその思想的な立場を分岐させながら、闘争の高揚を作り出す主体の一員となっていった。

いま、私はこの「初心」からどれだけの距離のところにいるだろうか。

長い間に、社会の「汚濁にまみれ」、妥協と後退を重ねてきたにちがいないが、私はこの少年の初心に敬意を表したい気持ちを失っていない。むしろその記憶、思い出が動力となって今を生きているようにも思える。これは私の選択というより、そこにある思想的な何か、その生命力のようなものが働いているからだろう。

こうした見方は、若い頃マルクス主義に心酔して、のちに「賢明にも」マルクス主義から離れた人々からはいかにも進歩のない愚直なものに映るかもしれない。

だが、現代の世界はどうか、過剰な生産と富の蓄積、一方に貧困の蓄積、環境破壊、多国籍企業の横暴な支配、といった状況は、マルクスが『資本論』で暴露した資本主義のあくなき利潤追求の運動によってもたらされた。世界にある原発も無政府的な大量生産と大量消費のために奉仕するために造られた、という見方もできよう。マルクスは現代の社会を見て、大きくノーというにちがいない。

ここまで少年期のささやかな記憶をたどってきて、それとつながる現在の自分を幾分か肯定的にみられるようになったと感じる。人生が短いと悟ったとき、誰にも、過去の記憶とか思い出がとりわけ貴重なもの、尊重すべきものに思えるからだろうか。

いのちにふれる日々

妻、くも膜下出血で倒れる

2011年8月31日午後7時頃、妻が突然自宅で倒れた。くも膜下出血だった。

私はいま、この原稿を妻の発病後1年以上経った時点で書こうとしている。妻の病気をめぐる個人的な体験を書くことを思い立ってはみたものの、実を言うと、発病の日の情景を書く最初の一行で筆が止まったまま半年が過ぎてしまっていた。

当日の身の毛もよだつような恐ろしい情景は、何度書こうとしても、思い出すこと自体、抵抗が強すぎるのである。穏やかで平凡な日常を送っていた夫婦にとっては、思いもかけない突然の修羅場がやってきたのだった。

PTSD（心的外傷後ストレス症候群）というほどではないかも知れないが、この日の情景がフラッシュバックして甦ると、もう過ぎたことなのに恐怖の感情が生まれ、体がこわばって動かないような感じになる。

おそらく、こういう「心的外傷」の感覚は、私だけではなく、肉親が突然の発作で倒れるとか、事故に遭ったとかに直面した経験を持つ人びとに共通するのではないだろうか。

その日、妻は台所で夕食の用意をしていたが、突然「頭が痛い」と言って、リビングのソファに座り込んだ。「吐きそう」と言うので、浴室から洗面器を持ってきてあてがった。少し嘔吐し、「これはいつもと違う、ざーっと頭の中に音が聞こえる」などと言った。単に気分が悪くなったのとは違う、何か異様なことが起こった、と私に教えたのだと思う。私は即座にこれはくも膜下出血に違いないと判断し、119番に電話した。

妻はどういうわけか、またよろよろと台所に戻り、そこで横ざまに崩れるように倒れた。少し応答ができたように思うが、しだいに声が出なくなっていった。

このときのことを妻はまったく記憶していない。私は激しく動転して、口が渇き、動悸が激しく、恐ろしいことが起こった、という思いに打ちのめされていたと思う。救急車が来るまでの時間がいやに長く感じられ、その間の焦燥感は、未だに忘れることのできない苦しい感覚として残っている。

119番には、起こった状況を説明し、到着した隊員に、「横浜総合病院」へ交渉してほしい、と頼んだ。車で10分くらいのこの病院の内科には、高血圧の治療のために私は定期的に通っており、義母が脳梗塞で倒れたときも、この病院の脳神経外科の治療を受けたので、比較的よく知っていたからである。隊員の交渉で病院が受け入れてくれることになり、救急車は病院に向かった。この頃もう妻は意識がなかったと思う。

病院に着いて間もなく妻はＣＴの撮影に運ばれて行った。幸い会社から帰宅途中の息子にすぐ連絡がとれ、間もなく彼も病院に駆けつけてきた。

撮影が終わり、医師の説明を聞く。若い長身の医師が、写真を見ながら言った

「典型的なくも膜下出血です。明日、造影剤による血管の撮影をし、手術の方針を決めることになります。明日中に手術することになるでしょう」

今夜は薬で生理的な活動を低く抑えて、静かに眠らせておくと言う（この医師は、脳神経外科の４人の常勤のうちの一人でＳ先生だと後で知った）。

くも膜は、脳を包む膜のひとつで、その下にあるくも膜腔には脳に栄養を運ぶ動脈が走り、脳脊髄液で満たされている。その動脈から出血するのがくも膜下出血である。７割から８割が脳動脈瘤の破裂によるとされる。大量の出血が脳を圧迫し、脳内に流入して死に至る激烈な病気だ。

Ｓ医師は、３分の１が発作時に死亡し、３分の１がそのあと病院で亡くなるか重い後遺症が残る。日常生活に戻れるのは残る３分の１か２割程度だと説明した。

妻は発病したときには死を免れたが、そのあと、病院での死、重い後遺症、生活への復帰の、どのグループに入るかは、もちろんこの時点ではわからない。ただ私には、妻が今この瞬間を生きているということだけが頼みだと思えた。息子と二人、とても帰宅する気になれなかったが、医師が、家族が疲れてはいけないので、何かあれば連絡しますからお帰りください、と言ってくれたので、帰宅することにした。病院に残ったとしても、妻はＩＣＵ（集中治療室）で厳重に管理されており、付き添うことはできないのだった。

息子もさすがに動揺していたようだったが、とりあえず自分のマンションに引き上げていった。

深夜、暗い無人の自宅に帰ってきたとき、わずか数時間前には普通の生活があったのに、突然の暗転が信じられなかった。こういうとき、「夢なら覚めてほしい」という常套句があるが、それが常套句などとは言えない、いかに痛切なものであるかを思い知った。

妻が倒れた台所へ入ってみたら、調理台に大根おろしの小鉢が二つちゃんと作られていた。ガスレンジには秋刀魚が二人分並べてあった。夕食はこれで、と思っていたのだろう。このごく日常的な営みと、先ほど起こった事態との激しい落差に胸がつぶれる思いがした。

大根おろしの二つの鉢を見た瞬間のことだった。平静であろうと努めてきたバランスが一気に崩れ、私はシンクに手をついてこみ上げてくるものに必死に耐えた。この涙には、妻が倒れた不幸な夫の自己憐憫の気分が混在していたかもしれない。

リビングのソファの上に、妻が60歳近くなってから手習いに通っていたバイオリンが投げ出してあった。ようやく音が出せるくらいのレベルだったが、楽しんで取り組んでいた。もしものことがあったら、これをお棺の中に入れてやらなければ、と私はぼんやり考えていたようである。

発作時に死を免れても、今この瞬間にも容態が急変して駄目になるかもしれない、と思うと足が震えた。妻が死ぬ？　しかし、この想像はまったく現実感がなかった。もしそうなったら、とても私は私を維持できないだろう、と思った。そんな強い不安が、冷静さを失い混乱した頭を行き来していた。私は常々自分が実は臆病で小心で動じ易い人間だと思ってきたが、この緊急事態に遭遇してその弱点を骨身に沁みて思い知らされた。
輾転反側し、眠れない夜が過ぎていった。

しばらく後になって、同じように妻が突然くも膜下出血で倒れた人の手記を読んだことがある。著名なジャーナリスト、桃井和馬氏の『妻と最期の十日間』（集英社新書）である。

夫人は職場で倒れ、まったく意識のない状態で病院に運ばれた。桃井氏は都内の別の場所にいて知らせを聞き、タクシーで病院に駆けつける。この本の最初の部分は、病院に駆けつけるまでの氏の激しい動揺の姿の記録である。顔は蒼白になり汗が噴出し、言葉がまともに出なくなる。落ち着こうとしてタクシーを止め、コンビニで飲み物を買おうとするがそこで気を失って倒れ、しばらくして起き上がってタクシーに戻るが、そのとき失禁していてズボンが濡れているのに気付く、といった状態が描写されている。

残念ながら桃井夫人の出血は激しく、しだいに脳死状態に移行し、10日ほどで夫人は息を引き取った。

この本に描かれた氏の最初の動転ぶりは、非常によくわかる。程度の差こそあれ、私も同じような衝撃を受けていたからである。

実のところ、私は自分の動揺ぶりに自分自身驚いていた。おおむね仲のよい夫婦だったとは思うが、世の一般の夫婦同様、諍いもあり、お互いに疎ましいと思う瞬間だって経験していたはずである。お互いの存在に慣れすぎて、言い方としてはありきたりで抵抗があるが、「空気みたいに」一緒に暮らしていただけだった。それがこの危機的な事態に遭遇して、もう少し冷静になれてもよいのに、どうしようもなくうろたえ、まるで荒野にひとり放置された幼児のように自分を感じた。こんなにも私にとって妻の存在は大きかったのか。これはある面予想外の激しい反応だった。

「こうなって初めて妻を深く愛していたと気付いたから」と書けば、大方の納得は得られるかもしれない。しかし、もっと根源的な何かがあった。40年以上共に生活してきて、さまざまなことを共に経験してきたことで、妻の生命そのものが私に命に深く入り込んでいたのではないか。「愛」などいう軽い感情ではなく、もっと存在そのものに根拠を持つ、相手に深く依存し、共振する関係からくるものがあると思えた。だからこそ、心底から揺さぶられるような不安と衝撃があったのではないだろうか。おそらく桃井和馬氏も。

開頭手術

9月1日

朝、病院ＩＣＵ（集中治療室）から電話があり、脳血管造影検査が午前11時からに決まった、と言う。この検査の時刻は連絡してくれることになっていた。病院へ行き、会社を休んで到着した息子と一緒に、検査へ向かう妻を見る。眠らされているため、まったく反応はない。

検査の間に、縁者を含め可能な限り各方面へ連絡をとる。皆一様にショックを受けている。ＩＣＵの入り口に患者家族が待機する和室があり、そこで待つ。

昼過ぎ、S医師がやってきて、造影検査の結果、開頭手術になると告げた。妻のくも膜下出血の原因はやはり脳動脈瘤破裂だった。対応する手術は二つのタイプがある。ひとつは開頭して動脈瘤の根元にクリップをかける手術、もうひとつは開頭しないで、カテーテルを血管内に挿入して伸ばし、金属の柔らかいコイルを動脈瘤に詰める動脈瘤内塞栓術である。これは比較的知られていることで、私もそのくらいの知識はあった。

S医師は、妻の動脈瘤の形から判断して、コイル塞栓術はできないという結論になったというのである。

流出した血液は、脳全体に薄く広がっていて、かなり除去が難しそうだ、開頭してみなければわからないが、手術中できるだけ取り除くつもりだ、とも説明された。

詳しい説明は午後、院長からあると言う。

H院長は脳外科医で、この病院の脳神経センター長を兼任している。3年前、義母が重い脳梗塞で倒れたときも、お世話になっていた。

午後2時、院長の説明を聞く。

妻の動脈瘤は、三つの突起がある不規則な形をしていて、コイルで塞ぐのは困難であり、しかも、動脈瘤の壁が薄いので突き破る恐れがある。したがって、クリップで止める方法しかない、ということだった。血管造影による脳血管の色つきの立体画像を見せてもらったが、これが動脈瘤です、と言われてみるとそのように見える。

妻の動脈瘤は、動脈が二股に分岐するところにできていた。血管が分かれるところは血管壁が弱くなっていて、長い間にそこが膨れて瘤ができるのだという。まさか妻の脳内で密かに動脈瘤が大きくなっていたとは、想像もつかなかった。

通常、動脈瘤が破裂して出血しても、血の塊ができて傷口を塞ぐので、いったん出血は止まるが、かなりの確率で再破裂が起こる。それが起こると致命的なので、手術が急がれるのである。

夕方から手術ということで説明書・同意書に署名。その要点は院長によって次のように書かれている。

〈患者名〉戸崎克子　〈病名〉くも膜下出血

〈病状と手術の概要〉左内頚動脈瘤破裂に、くも膜下出血を合併し、脳血管撮影の結果、先が三つに分かれた動脈瘤を認め、開頭クリッピング術を行う。術中に出血するリスクは数パーセントあるも、十分注意して行う。脳圧のコントロールのため、脊髄ドレナージ、脳槽ドレナージを行う。――

クリップはチタン製で、脳内に一生留置する。これはくも膜下出血の治療で行われているもっとも確実な方法である。「ドレナージ」は排出、放水という意味だが、くも膜下出血の手術では、脳内にある血液を髄液とともに管で体外に排出する処置をいう。妻は脳室と脊髄の2か所に管を入れ、術後も一定期間そのままにし、排出を続ける。

なお、くも膜下出血のあと、必ず起こる難しい合併症に「脳血管れん縮」があるが、これには対応する方法があり、この病院ではこの合併症での死者はない、とのことだった。術中に脳圧が高くなる可能性があり、あまり高い場合には、手術が終わっても頭蓋骨を閉じないで開けたままにし、骨は冷凍保存しておいて、脳圧が下がってから閉じるのだという。

17時、ＩＣＵから手術室に運ばれる。顔をのぞきこんだら、一瞬眼を開けて私を見た。もちろんこのときのことは全く記憶されていない。

手術中、家族の待機室で息子と待つ。院長が来て「17時から準備にかかり、18時から開始する。22時には終わるでしょう」と告げる。21時、院長から「少し出血したが、クリップで止めた。これから閉めにかかる」と報告を受ける。

脳神経外科の医師は院長を入れて４人、妻の治療にはこの４人がチームで当たり、４人全員が主治医になると言われた。院長が手術室を出て、患者家族に経過を説明してくれたのも、チームで行われたこの手術では、院長はアシスト役を引き受けていたからだと思われた。心配と不安の中にある家族にとっては、途中の報告は実にありがたかった。

予定の22時を過ぎても、終わる気配がなく、22時半になっても、23時を過ぎても妻は手術室を出てこない。何か予定外のことが起こったのではないか、という名状しがたい不安にとらわれたが、23時半近くになってようやく手術終了。ＣＴに運ばれていく。もちろんまだ麻酔がかかっている。院長が、これから手術のビデオをお見せします、というので、ちょっと驚いたが、息子と二人で説明を受けた。

ビデオでは、動脈瘤のあるあたりの脳内のようすが5センチ四方くらいの画面で捉えられている。次から次に沸くように出てくる血液を布のようなものの小片に沁み込ませて根気よく取り除く作業が続く。長時間の忍耐を要する職人的な作業という印象である。

やがてかき分けるように血管を探し出し、動脈瘤の部分に至る。1回、さっと出血。動脈を閉鎖し、血流を止める処置が一時あったあと、院長が、「いま、血管に並行してクリップをかけました」と言って、クリップをかけた瞬間を見せてくれた。手術は成功し、再破裂の危険は去った。CTによると脳内の状態はまあまあで脳圧も落ち着いているとのことだった。

「ちょっと出血があったので、100パーセント成功とは言えませんが、うまく行きました」と院長。

倒れた日は動転したが、手術が成功し、医師団の管理下に置かれて治療のスケジュールに乗ったことは、今後の不安は大きいものの、私を少し落ち着かせた。

午前1時過ぎ、ようやく息子と病院を退出。

深夜帰宅したら、大学時代の恩師の畑田重夫先生から見舞いのFAXが入っていた。いつもながら素早い応答に感激する。

タイミングが悪いことに、4日後の9月5日、先生の米寿を祝うシンポジウムと祝賀会が予定されていて、私は半年も前からシンポジウムのパネラーを頼まれていた。先生は国際政治学者で労働者教育協会の名誉会長。88歳になろうとするのに元気で講演に出かけている。全国に先生を慕う人びとがたくさんいて、「畑田重夫会」という組織を作り、活動している。祝賀行事はこの会が主催することになっていた。

すでに私の写真入りシンポジウムの案内リーフレットが各方面に配られてしまっていたが、この事態で出席は無理と判断し、畑田会の事務局長に欠席を連絡していたのだった。パネラーは司会者以外に畑田先生を含め三人で、私が重要なパネラーでないにしても、主催者が困惑することは明らかだった。しかし、先生の達筆のＦＡＸには次のような文面があった。

「奥さまが急病でご入院の由、びっくりしました。くれぐれもお大事に。『健康と生命に勝る義なし』という言葉は私がいつも色紙などに書く言葉です。奥様の生命の安全第一義的にお考えください。ご無事を切に切にお祈りします」

はるか昔の教え子への思いやりと、欠席を気にしなくてもよい、という優しさに満ちたこのメッセージに、体の力が抜け、ほっと癒される思いがした。

脳血管れん縮

9月2日

病院に行き、ＩＣＵに入り、妻のようすを見る。まだ麻酔が続けられていて、応答はできない状態。頭は剃られ、体に何本もの管がつながれ、変わり果てた痛々しい姿である。

脳と脊髄のドレナージで、血の混じった脳脊髄液が2本の管から流れ出していた。気管支までの管が口から入り、呼吸が補助され、嘔吐物が肺に入るのを防ぐために鼻から胃に管が通されている。点滴は腕ではなく、直接体内の血管に入り、血圧も血管内で測っているという。ほかに導尿菅もあり、つながれた管は10本近くあるかと思われた。

脳外科部長のY医師に呼ばれ、詳しい説明を聞く。

手術は成功し、脳の腫れがあるがしだいに治まってくるだろう、ただ、出血は左脳で起こっており、右半身に麻痺が残るかもしれない、これはリハビリで改善を図る、いま差し迫った危険は、くも膜下出血で必ず起こってくる合併症の「脳血管攣縮（れんしゅく）」だ、と言う。

これは脳内に広がった血液の作用で脳の血管が細くなる合併症で、脳梗塞のような状態が生じ、患者の3割に重い後遺症が残る可能性がある。急に強い攣縮が起こると死に至ることもある恐ろしい合併症である。発作後4日目あたりから2週間くらい続くとされている。

Y先生、「くも膜下出血は古い病気で、攣縮に対する治療法は確立しています。この病院では死亡例はありません」、と言う。手術前の院長と同じ説明。

手術後、時間はかかっても少しずつ回復していくと期待していたが、直線的にはいかない。妻が倒れなければまず知ることもなかった新たな危険に顔蒼ざめる思いがした。2週間も危険が続くとは。

治療法は、血管を広げる薬を複数使ううえに、血圧を上げておくこと、また、血管の太さを維持するために、たんぱく質の多い輸液を入れる、など、幾つかの方法が総合的にとられる。こうした対応はすでに始められているとのことだった。濃厚な治療で、難しい合併症を迎えうつのかと感じた。

あとから考えて、無理もないことだと思うが、私のほうは体調は最悪だった。食欲はまったくなく、軽いむかつきがあり、血圧を測ると上が170あった。同じ病院の内科に定期的に通っていたので、臨時に受診し、主治医に事情を話すと、すぐに理解してもらえ、血圧をすぐに下げる強い降圧剤と、睡眠導入剤、不安になったときの抗不安薬を処方してくれた。いずれも必要になったときだけ使う薬である。

降圧剤はその後何回か使ったが、それ以外は持っているだけで安心したせいか、あまり使うことはなかった。

夜、畑田先生から電話が入る。直接電話があるとは予想していなかったので驚きまた嬉しかった。妻の容態を心配しておられる。先生は夫人に先立たれたが、10年近く介護、看病に尽された。その間、夫人のことを第一に考え、講演などの仕事を控え、論文も1本も書かなかったと言われる。祝賀シンポジウムへの欠席をあらためて謝る。「気にせず奥さん第一に」と励まされたが、背後に残念に感じておられる気配を強く感じた。ますます申し訳ない気持ちになり、わずかに心が揺れた。出席の可能性はまったくないものだろうか。

9月3日

縁者や友人たちからメッセージが届き始めた。ともかく手術が成功し、発病時の生命の危険は乗りこえたと各方面に伝える。見舞いのメールも次々に来ている。

11時過ぎの面会時間に病院に行く。

今朝、麻酔を切ったとのこと。眼は開けられないが、名前を呼ぶと、かすかに顔を動かす。手を胸の上に挙げ、足も動かしている。手を握るが握り返すまでには至らない。

面会が許されるのは、11時15分、15時15分、18時45分の3回、各15分以内に限定されている。生死の境にある患者が並ぶＩＣＵは、家族の入室も厳しく制限される。外部から持ち込まれる感染症が警戒されるからだ。

15時の面会時間、会社を早退した息子も来る。彼は「大丈夫だよ」、と私を（おそらく自分をも）励ます。ネットで、くも膜下出血の手術のことや患者が回復したケースをたくさん調べたらしい。不幸な結果を招いた事例も見たと思うが、そのことは私には言わない。

脳から出ている管から血液が流れ出ている。Ｙ医師の話では、脳を満たしている脳脊髄液は１日５００ＣＣもの量が血液から作られ、老廃物を静脈に戻す役割をしている、その脳脊髄液で血液を洗い流すのだという。血液を排出すればするほど脳血管攣縮は軽くなるのだ。

18時45分の面会。眼をかすかに開けていた。「わかるか」というとうなずくような動きがある。これからまだ合併症が起こってくるので、生還した、という実感は沸かない。

（ＩＣＵにいる間中、毎日３回病院に行く生活がこれから開始）

9月4日

手術後３日目。熱が38度を超えていた。目を開けず反応がない。口から入れて呼吸を補助する管にガーゼが巻きつけてあって、口を少し開けたまま管がかませてある状態。管を噛んでしまうのを防ぐためという。いかにも苦しそうで痛々しい。この状態では声も出せないだろうと思われた。

S医師が話しに来てくれる。

「妻は想定された経過をたどっていると考えていいのでしょうか。彼女に特有の懸念されることはないのでしょうか」

心配していることを聞く。

「私たちが想定した経過と考えています。自発呼吸もできていますし」

ちょっと安心した気分になる。気管支まで入っている管はあくまで補助のためで、彼女は呼吸は自分でできているのだ。脳血管攣縮はどうなのだろう。

「必ず起こります。週半ばに造影検査を予定していて、その結果を見ることになるでしょう」との答え。

パネラーを要請されたシンポジウムがあることを話し、この状態では欠席するつもりだが、どうだろうかと、意見を聞いてみた。

「連絡が取れるところならいいのではないでしょうか。何か起こるときは私たちが居ても起こります。ご自分の生活をだいじにしてください」と言われる。

シンポジウムの会場は川崎駅前で、いざとなれば1時間くらいで駆けつけられる。どうせICUにずっと居ることはできず、面会以外の時間は自宅で待機するほかないわけだから、シンポジウム会場で待機するのも自宅で待機するのも変わらない、と気付いた。何かあったとしても家族には何もできない。そのときはそのときだ。出席を考えてみようという気持ちに傾いた。ただし、結論は明日の午前中に出すことにする。

9月5日

午前。ＩＣＵ。深く眠っている。立ち会ってくれた看護師さん、「経過は良いときいています」と声をかけてくれる。物々しい機器類に囲まれ、たくさんの管につながれて反応もない姿をみると、患者家族は心が折れる思いがするが、看護師の人たちにはくも膜下出血の患者など珍しくもなく、日常的に何人も経過を見てきているわけだ。動じない彼女たちの仕事ぶりに頼もしいものを感じた。

妻の顔を見たあと、思い切ってシンポジウムに出ることを決め、主催者に電話する。午後1時半の集合時間にぎりぎり間に合うことができた。

ホテル大宴会場に満席の参加者。畑田先生の業績と人柄がこれだけの人びとを集めたと思うと嬉しい。私の急転直下の参加を肩を抱かんばかりに喜んでもらえた。

初めに先生の基調講演。タイトルは「20世紀の教訓と21世紀」という壮大なもの。20世紀が戦争一色の世紀ではなく、あらゆる面で民主主義が着実に発展を遂げたとし、21世紀は「フクシマ」以後、人類史は憎悪、差別、戦争から平和、連帯の方向に舵を切り替えなければならない、と説かれる。そして、眼を覆うばかりの現在の政治の劣化の中で、国民の実践の重要性を強調された。

あまりにまっとうな主張と思われるかもしれないが、中味は具体的で明晰であり、年齢を感じさせない歯切れのよい話し方も迫力がある。実はこういう巨視的な時代把握に我々はあまり接してこなかった。

先生は東大在学中に学徒動員で戦地に赴く直前、大病を患い、内地で療養を余儀なくされた。その間に級友のほとんどが戦死。わずかに生き残ったことが、戦後、戦争と平和の学問研究に進む動機となったと聞いている。

この世代の識者の思想は微動だにしない強さを持っている。まるでぶれない座標軸のようである。この座標軸に自分を置くと自分の立ち位置がわかる。世に流行の見てくれのよい議論に気をとられ、忘れていた生きる方向とか確信とかの基本をずしんと据えられたような講演だった。

基調報告を受けてシンポジウム開始。パネラーは畑田先生、田村智子共産党参議院議員、それに私の3人、司会・コーディネーターは、東大大学院教授で九条の会事務局長の小森陽一氏だった。内容を書くと長くなるので割愛するが、私はさすがに妻のことが頭を離れず、シンポジウムの間中、上の空の状態だったはずである。

終わって、第二部の祝賀会には参加せず病院に戻る。

帰り際、同じ畑田ゼミ同級生のK君と久しぶりに会った。聞くと母親がやはりくも膜下出血で倒れ、長く入院したが、その後回復し、90歳まで生きたと言う。彼は親身になって心配してくれる友人のひとりだが、こういう情報には実に励まされるものがある。

妻、熱38度。声をかけても依然として反応がない。担当の看護師さんから、午後、妻の友人のMさんがICUに尋ねてきた、という報告を聞いて驚いた。もちろん入室も許可できず、容態を尋ねられたが教えることができなかったので、ご家族から教えてあげてくださいとのこと。

夜、帰宅してMさんに電話で感謝の意を伝える。彼女は、ＩＣＵに入れないことは重々承知していたが、心配で心配でどうしようもなく行ってしまった、と言う。まるで肉親のように心配してくれる友人が妻には何人もいる。そのことを、今回の事態であらためて知ることになる。

住んでいる団地では、妻の友人の二人の女性が支援の体制をとってくれた。あとから振り返ってみると、危機に直面しながらひとりで病院に通う夫を何くれとなく気にかけ、援助してくれた妻の友人がいたからこそ、あの急性期の辛い時期を乗り越えられたのだった。

9月7日

午前中、再度の脳血管造影撮影が行われ、その結果を含め、現在の病状について院長から説明があった。Ｓ医師も同席。

「脳血管攣縮はほとんど見られません。予想以上に少なかった」

まずそう言われる。一番心配していた合併症の症状が、いまのところ強く出ていない。現在の治療が効果をあげているらしい。

「血液検査の結果では、腎機能も正常、肺炎も起こしていません。動脈瘤の治療は問題なく順調に行っていると思います」

この説明を聞き、さすがにほっとする。

「高熱が続いているようですが」と訊く。

「たくさんの管が体内に入っているので、どうしても雑菌が入り、熱が出ます。いまもっとも警戒すべきは、肺炎などの重大な感染症。この状態で感染すると深刻なことになるので、防ぐため免疫を高める薬を入れています」との答え。そして、次のコメントに力づけられる。

「データからは今の治療が良かったと確認できました。奥さんは我々のコントロール下にあると言っていいでしょう。このまま現在の治療を続けます。今後もっと悪くなることは考えにくいと思います」

れん縮の期間はあと10日は続くので油断はできないが、とにかく希望が持てる状況になってきている。

ＩＣＵでようすを見る。眼は開けられないが、私の声に反応して、何か口を動かそうとする。これまで見られなかった動きである。倒れてからちょうど1週間、私自身の体調は最悪で、いつも押しつぶされるような気分で、よろめくように病院と自宅を往復していたが、院長の説明を聞き、ようやく少し落ち着いて、気分も以前の状態に戻ってきたようだった。

共有した記憶の力

9月8日から発病2週目に入った。以後の1週間にさまざまなことがあったが、とても書き尽くせない。私と息子の面会以外にも、縁者の見舞いもあり、呼びかけに応えて目を開けてじっと顔を見る、といった反応も出てきていた。

少し意識が戻ってきたからだろうか、口や鼻からの管や、手足を拘束されていることにたいして、苦しそうな表情を見せることもあった。それはそれで見ているだけで辛かった。息子などは、そのような反応を見て、思わず涙をこらえていたりした。

状態は一様ではなく、熱のため眼をあけず、ほとんど反応が見られない日もあり、逆に比較的意識状態が良いと感じるときもある。1日3回、15分の面会時間にICUに入るが、1日のうちでも午前、午後、夜と、状態が違うことが多かった。

看護師の話では、ICUの患者の家族は絶えず一喜一憂を繰り返すものだと言う。私たちもその時期にあったのである。医学的には予定通りの治療が続いていたのだろうが、家族からは、倒れて以来状態は変わらず、回復ははかばかしくないとしか見えなかった。

ICU内の治療がこのあと長く続いたが、その間、もっとも強く感じたのは、患者の状態と私の体調が強くリンクしている、直結している、ということだった。

病院へ行って彼女の状態が良くないと、私の体調はすぐ悪くなったし、熱がさほど高くなく、意識状態が良いときは、気分の悪さは去り、食欲も戻ったりした。私は毎日欠かさず病院に通ったが、それは妻のため、というだけでなく、私のためでもあった。ちょっとした妻の反応で私自身が救われていたのだ。

体調の悪さといえば、妻がICUにいる間、食料を買いに行くスーパー近くで、また病院へ行く途中で、ふらっと気が遠くなるような感じが突然起こり、思わず地面に手を付きそうになったことが数回あった。

こうした事態に直面して初めて、「不安」とか「心配」とかいう心理的・精神的なものが、あたかも物理的な、実在するかのような力を持って作用するのだ、と知ったのである。

万一もし私自身が倒れるとかしたら、事態は悲惨なものになり、おそらく妻へのダメージは計り知れないだろう。そのことを考えると底知れない不安に襲われた。だから縁者はもちろん私の友人も妻の友人も、患者の容態の次に私の健康を気遣うメッセージを折りにふれて寄せてくれていた。とくに同じ団地の妻の友人からは、しばしば手に入ったばかりの食材や自家製の惣菜などを差し入れてもらった。こういう親切は身に沁みた。

ところで、妻の容態と私の健康状態が直結していたという現象は、こういう事態では誰にでも起こりうる、当たり前のことのように思える。しかしこの頃の私は、この現象にもっと特別な意味があるように感じていた。

いったい「他者」とは何か、という答えようのない問いが私の中に生まれていたのである。夫婦であっても、妻は、私にとっては生命の個体としては「他者」である。自己は自己であり、他者は他者であり、その境界は明らかだ。しかし、妻が病気で倒れてから、私という自己と他者としての妻との境界があいまいになり、ときに融合しているような不思議な感覚に見舞われたのである。これは名状しがたい感じで、説明不能というほかない。

おそらくそのような感覚が生まれたのは、妻と共有したあらゆる過去の経験の記憶が、とくに妻が死に瀕したと感じたとき、異様に強く私の中に甦り、肉体の一部と化したかのように作用したからだと思われた。

それはあたかも妻が私の中に入り込んでしまった感覚に似ている。お互いが健康なときには、この感覚は切実なものではなかったし、感じることもなかった。しかし、一方が失われるかも知れない極限の状態で、深い恐怖に襲われたときに初めて、「他者」と「自己」の境界が消滅するような感覚がやってくる。

妻の容態と私の体調が直結している、という現象の根底にはそういうことがあるのかも知れない。うまく説明はできない。しかし、たとえば愛する家族の死は受け入れがたいものだが、そのような死者との関係で、私と同じような感覚を経験した人は多いのではないだろうか。

死者を生きているように感じたとき、他者としての死者と自己との境界はあいまいにならざるを得ない。とくに不慮の死、津波に一瞬にして攫われるとかして、死そのものが確認できないような場合にはいっそうその作用は強いだろう。

私たちが結婚したのは1970年のことだから、もう42年になる。知り合ったのは、私が新人で赴任したNHK福島放送局でだった。彼女の職場は総務部で、私は放送部、職場は違っていたが、小さな局だったから局内ではよく姿を見かけた。しかし、同じ局にいる間は付き合いもなく、とくに意識した記憶もない。

1968年に私は東京へ転勤したが、その1年後に、福島県の阿武隈山地にある小さな町で、県の母親大会があり、そこで彼女と思いがけなく再会した。

当時、NHK労組の福島分会は母親大会に協力していたようで、福島局で同僚だった分会長のF

君が大会の分科会の助言者として出席した。彼女は組合員としてF君に頼まれたらしく、分科会の記録係を務めていた。

彼女のことは、福島にいた頃は、職場にいるただのおとなしい娘さん、としか見ていなかった。しかし、母親大会で書記役をしている姿をみて、印象が明らかに違い、何かしっかりした女性になっているな、とちょっと新しい発見をした感じがあった。

夜、F君や大会関係者と歓談する機会があり、そこに彼女も加わっていた。烈しい雷雨の夜だったのが印象的で、彼女もそれは記憶している。

そのとき不意に、彼女はひょっとしたら（相手として）考えられるのではないか、という一瞬の感じに捉えられた。当時の私は結婚をまともに考えてはおらず、結婚相手などは転勤した東京でいずれ見つかるのではないか、と漠然と思っていたフシがある。だからこの感じは我ながら唐突で意外だったことを覚えている。

これで終わってしまえば、それ以上進展はあろうはずはなかったが、そのあとしばらくして彼女から手紙が届いた。内容は母親大会で会ったことへの儀礼的なあいさつに過ぎなかったが、事柄の流れでいうと、とくに必要のない礼状だった。

これを見たとき、そこに儀礼を超えた何かを感じ、あの夜の私の気持ちが彼女に感応したのではないか、と思った。婚約したあとになって、彼女はこの手紙は事実上のラブレターだったと告白している。

私は運命的なものを感じ、あらためて会う必要を感じて、1969年8月初め、福島市内で彼女と会った。

これは本当に不思議なことだが、この時どちらからも愛の言葉はなく、付き合ってほしいなどの交渉に類する言葉もなかった。二人だけで話したのは初めてだったにもかかわらず、すでに二人の間で結婚へ進むことが決意され、当然の前提となっていたのである。確認すらしなかったと思う。

恋愛は美しい錯覚だと言われるが、これがもし「錯覚」であるなら、お互いに波長の合った錯覚は恐ろしい。

数日後、日帰りのハイキングを企画し、彼女を裏磐梯桧原湖畔の小さな集落に連れていった。この村の分校に赴任した青年教師のドキュメンタリーを作ったことがある思い出の場所で、景観が素晴らしかったからである。

蕎麦畑が広がり、白い花が一面に咲いていた。ここで撮った写真が残っているが、彼女は思いつめた暗い表情をしている。デートの写真とは思えない固い表情には、これから起こるだろう困難を予感した緊張感が漂っているように見える。

彼女は一人娘だった。その後の経過には、平凡な男女の平凡な結婚には不釣合いな烈しい成り行き（彼女の父親の厳しい反対）が待っていたのである。

父親は電気工事の会社のたたき上げの職人で、誠実で真面目な人柄だった。大事に育てた娘に、いずれは土地の青年を婿に迎え、同居するか近所に住まわせて穏やかな老後を送る、というのが両親の生活設計だったはずである。その頃すでに郊外に土地を買い、借家から新築の家に移る計画も進んでいた。それが突然、東京の転勤族の、会ったこともない男のところへ行くと娘が言ったのでである。晴天の霹靂だったにちがいない。

再会してから結婚まで、二人は悩み抜き、福島と東京を交互に往復し、さまざまに努力を重ねたが、父親の固い拒否を変えることができなかった。娘に去られる父母の悲しみと孤独感を、私たちは十分に感じていたが、だからといって結婚を諦めることはありえなかった。

1970年の秋、彼女は退職し、ボストンバックひとつだけを持って、私のところにやって来た。平凡な男女が平凡に結婚するはずだったのに、父親の強硬な反対に遭遇したために、柄にもなく純愛ラブストーリーになってしまった。

しかし、結婚間際の頃、私はそれほど悲観していなかった。彼女の手紙に、私と撮った写真を、父親が投げ捨てることなどせず、じっと見ていた、という報告があったし、私と会うこと自体は拒否されなかったので、事実としてやがて受け入れてくれる、という感触があったからである。事実、婚姻届を出してから約1か月後の1971年の正月には、私は彼女の実家で、義父と酒を飲みながら碁を打っている。

それからは、夏休みや年末年始休暇はもちろん、機会があれば、私たち夫婦は彼女の実家で過ごした。義父も義母も、連れて行った孫を嬉しそうに迎え、心から可愛がってくれた。その二人もいまは故人となって、福島市郊外の墓に眠っている。

回復への兆し

9月15日、発病から2週間が過ぎた。依然として熱が下がらず、意識ももうろうとして、病状ははかばかしくないという印象。しかし、そのなかにも少し回復の兆しが見えてきていた。

数日前から、手足のマッサージなどのリハビリも始まっていた。重い病状でも、リハビリは早くからが効果的なのだ。

看護師の話では、面会時刻が近づいて、あと5分でご主人が来ますよ、と声をかけたら、うなづくようにしたという。いつもあまり反応がなく、ちょっと眼を開けてもすぐ閉じてしまう。なかなか意識状態はよくならない、と嘆くと、いやそんなことないですよ。夜はしきりに足を動かし、眼も開いている、と教えてくれた。

17日、ICUを出ようとしたらS医師に呼び止められ、説明を聞く。要点は次の通り。

――脳血管れん縮の期間は過ぎた。腎臓や肝臓の状態は問題ない。脳の腫れはあるが、血の色が薄くなっており、少しずつ良くなっていくだろう。肺炎などの感染症にかからない限り、重大な事態にはならない。――

なかなか安心できないが、ようやく初期の危機を脱した感じになってきた。あとは体に入っている管が次第に外されていってほしい、と切実に願う。

とくに口から気管支に入っている呼吸管は、なんとか早く抜けないものだろうか。医師団も、呼吸管を外すタイミングを慎重に計っているようだが、もう2週間以上になる。

S医師、「週明けには外したい。ただリスクもある。抜いたときにうまく呼吸できない場合がある」、と言う。

息子と二人で面会に行ったとき、眼を開け、不思議なものでも見るようにじっと二人を見る、という動きも出てきた。担当看護師が声をかけると、笑顔を見せるようにもなり、わずかずつステップアップしていることが感じられた。

9月21日、台風15号が首都圏まで来た日、15時の面会に行く。傘を折られ、ズボンはびしょ濡れで病院着。看護師さんが、ちょうどよかった、先ほど呼吸の管が抜かれましたよ、と言う。見ると管が外され、酸素マスクになっていた。実に嬉しい。だが、深く眠っていて応答はできない。

18時45分の面会時間、風雨は収まっていた。妻は起きていた。呼吸管が取れたので口が動かせるようになったので、話しかけると、わずかに口を動かして答える。

声が出ないので、唇の動きで内容を推察するしかない。しかし、発病以来、画期的な瞬間を迎えたという実感がある。

唇の動きからみて、次のような会話が成立していたのではないか、と思う。あくまで推定だが。

私「今日は台風があったんだよ」

妻「アメ、ザアザア?」

私「そう。雨ざあざあ、風びゅうびゅう」

妻「マナブ（息子）ハ？」
私「学は電車が止まってしまったので来れない」
妻「アシタハ？」
私「明日は会社があって無理」
ちょっと間があって。
私「ここは7時までしか居られないんだ」
妻「7ジマデ？」と、カーテンの隙間から時計を見る。やがて疲れたのか眠ってしまう。

この日から9月末頃まで、少しずつ状態はステップアップしていった。声も出せるようになったが、具合の悪そうな時もあり、面会したあと落ち込んで帰る日も多かった。一進一退、一喜一憂の長い期間が過ぎていく。

リハビリは3種類、理学療法士、作業療法士の3人のスタッフがICUに順次来て実施していく。ベッドの上に座る、車椅子に座る、支えられて立つ、といった動作が、いずれも短時間であるが続けられていた。

9月26日、15時の面会でICUへ入るとき、院長とすれ違う。私が「だいぶ良くなっているようですね」と言うと、「なんとかね。管抜けました。良くなってますよ」と院長。病院内で出会ったとき、院長とは短いながら会話することが多い。実に飾らない人柄である。

妻の脇へ行く。見ると栄養を鼻から胃に入れていた管がない！　看護師から聞く。「今日昼に外しました。まだ食欲はないのですが、ゼリーを二切れ食べました」とのこと。経口で栄養を摂る段階になった。これは呼吸管が外れたことに次いで大きな前進である。

しかし、懸念すべきことも明らかになった。右手と右足に明らかにマヒがあり、理学療法士が「立たせると右足に力が入らない」と教えてくれていた。

また、認知のレベルもかなり問題だった。今自分がどこにいるかわからず、なぜ治療中なのかが認識できていなかった。面会のとき、「もう飽き飽きした。これから帰ろう」と言ったりした。

記憶の障害もかなりあり、自宅の写真を見せても、自宅とは認識できず、母親が3年前に亡くなっていたことの記憶もなかった。

こうした後遺症のような状態がもし固定したら、退院したとしても介護が大変になる。これがこの時期最大の心配のひとつとなっていた。勿論、どんな状態であれ、生きて自宅に取り戻せれば充分であると思ってはいたが。

入院生活6か月

その後、妻は、ゆるやかに回復していった。前記のように一進一退の状況があって、家族が落ち込む時期もあり、小さなドラマが連続して起こっている。

私たちにとってはどの時点のことも重大で、私の日録も詳細に残っているが、「風船」の読者諸兄姉にとってはくだくだしいだけだろう。あとは簡単に経過を記しておくことにしたい。

脳へのダメージが大きかったせいか、当初3週間くらいが普通、と言われていたICUでの治療が50日に及んだ。この間、くも膜下出血ではよくある合併症だが、脳内の髄液の流れが悪くなり、意識状態が再び悪化する症状が起こった。治療のため、髄液を腹腔内に排出する手術（脳室―腹腔シャント術）が行われた。妻は少し伸びた頭髪をまた剃られることになった。

シャント術のあと、病状が好転する患者が多いというが、そのとおり意識状態はぐっと良くなり、10月下旬、一般病棟へ移ることができた。

一般病棟でもいろいろなことがあった。ひとりでトイレに行けると思い込んで、ベッドから降りたはいいものの動けず、床に座り込んでいるところを看護師に発見される、という事件が2回ほどあった。しかし、認知レベルの回復は日を追って順調で、自分の名前と住所を震える手で正確に書いたのを見たときは、さすがに感動して涙が出そうだった。

一般病棟で1か月余を過ごし、11月末、3か月にわたって急性期の治療を受けた横浜総合病院を退院した。同日、川崎市郊外のリハビリ専門病院（麻生リハビリ総合病院）に転院し、くも膜下出血による高次脳機能障害のリハビリ治療を続けた。

そこでまた3か月入院し、2012年2月下旬、ようやく退院して自宅に戻った。およそ6か月の入院生活だったことになる。

退院後数か月は、やはり看護が必要で、食事の準備などの家事労働は私が担い、ごく軽い家事を夫の見守りの中で始めた。予後のフォローは横浜総合病院に定期に通い、院長の診察を受けている。

退院から10か月後の現在、家事はほぼ昔どおりできるようになった。ただ、体力の衰えはまだ充分に回復しておらず、とくに歩く力が弱い。単独での外出や買い物はまだ難しいようだ。

退院して3か月後の深夜、突然嘔吐して立てなくなったことがあり、救急車でまた病院へ運んだ。脳に変化はなく、すぐ回復したが、今も何が起こるかわからないという底知れぬ恐怖がある。だから、現在はまだ長時間妻をひとりにしておくにはなお強い抵抗がある。しかし、これまでの回復の経過からみて、もう後退はせず、やがてこの状態から脱していくだろうと思う。


老年に向かう時期、私たち夫婦は、思いがけなく大きなダメージを受けた。しかし、その中に信じられないような幸運があったことも事実である。倒れたとき、私がそばにいたのは僥倖というほかない。

私は毎日のように外出していたし、定年後、名古屋の大学に教員として勤務していた頃は、毎週二泊三日くらいで家を空けていた。もしそのようなときに倒れたら、一昼夜とか2日間とか倒れたままであったに違いない。そのことを考えると、ぞっとして震えがくるほど恐ろしい。

もうひとつの幸運は、運んだ横浜総合病院に、経験豊かな院長をはじめとする脳外科の医師のチームがいたことだろう。他の病院はどうか知らないが、治療の専門技術の高さは妻の回復の事実で示されている。

さらに特筆すべきは、医師団のフランクな姿勢である。節目にきちんと時間をとって説明がある他に、廊下で、ロビーで、私を見つけると気軽に声をかけ、折々の病状について話してくれた。家族がどんなに不安であり、怯えているかがよくわかっているのである。これらは院長の人柄と医療への姿勢が影響していると思えた。

「いちばん大切なものは何か」

入院期間中、意識状態があまりよくない時期にも、ときに厚い曇り空に突然青空が見えるように、まともな会話ができることがあった。2度目の手術（シャント術）の前日、10月10日の私のメモには、この日の短い会話の記録がある。

顔を見せた私に彼女がまず言う。

「ココマデヨククルネ」

「愛妻だからね」

「イチバンタイセツナモノハナニカ」

「それは克子さんだ。骨身に沁みたよ」と私。

「ホントカナ」と眼をつぶったまま言う。

そして、また少し眠る。眼を開けたので、

「帰るよ。明日まで元気でいてね」と言うと、

「ゲンキデイルノハアシタマデデイイノ?」と逆襲された。

前後の意識状態が悪かったので、このシャープな会話は印象に残っている。私の言葉は、ややふざけた外交辞令のように見えるかもしれないが、本当にそのときの偽りのない本心の表現だった。

この会話の中で、「愛妻だからね」という言葉の後、即座に「一番大切なものは何か」という鋭い問いかけがあったことが心を打った。

これは、妻が、「大切なものは私だ」と主張したのではない。家族が、妻が、生命の危険に見舞われたとき、そのすべての見守りの過程で、いや42年の結婚生活で、人間としてもっとも大切なものは何か、と問われたと感じたからである。この言葉を彼女は記憶していない。私には、もうろうとした意識の奥深いところから必然のように生まれた言葉のように思えた。

ICUで、私が面会から帰宅するとき、なぜここにいるか訳もわからず、すがるような眼で夫を見送る姿は傷ましいものだった。そんなとき、過去の私の態度を問わないではいられなかった。

思えば、NHK在職中も、定年後地方の大学に出かけた頃も、外向きの仕事優先で、妻を、家庭を顧みることが少なかった。それを厳しく批判されたことが時々あったが、私には私の人生がある、と聞き流していた。どんなにか淋しかったことだろう。

今回の妻の病気で思い知ったのは、ひとりの人間の生命は単独では存在せず、周りの人間を支え、影響を及ぼし、感応する存在だ、という、ごく当たり前のことである。このことを、知識ではなく、身体にたたき込まれるように自覚させられたのだった。

私は果たして、妻を生命を持つ存在として深く受け止めていたか、妻を夫婦の一方の相手としてしか見ていなかったのではないか……。こうした自省が否応なく私をとらえていた。

同時に、私にやってきたのは、やがて二人は滅びていく、というこれまで感じたこともなかった感覚だった。平穏に見える生活にも、足元に絶えず死の渕が口を開けている。そのことを深くは自覚せず、漫然と過ごしてきたのではあるまいか。

九条の会、脱原発、視聴者運動……、世にさまざまな社会運動が存在する。これまで私がその一端に加わってきたとしても、あるいは運動にかかわって、雑誌や新聞に文章を書いた場合にも、右のような生命に対する徹底した認識と自覚を欠いたままでは、あらゆる社会的運動への参加も発言も口先だけのもので、ホンモノではなかったはずである。そんな簡単なこともわからないで72歳まで生きてきたのかと思う。

ささやかながら社会的な運動にかかわったこともある自分に、この反省が骨身に沁みた。

さて、現在の時点では、私の言はご覧のように殊勝なものである。しかし、やがて記憶は薄れ、いつものような愚かな老人の日常が続くことは目に見えている。この文章はそうしたときのための自戒の記録として働くだろう。

収録した文章の同人誌掲載年

大岡先生の思い出（1998年2月）
「良い先生」の話（1998年2月）
夢中歩行（2000年1月）
テレビ・映像表現に関する覚書（2001年4月）
魂に蒔かれた種子（1999年1月）
授業の中で青年と出会うということ（2003年4月）
キャンパスの日々から（2004年5月）
長良川が揺籃だった（2008年5月）
マルクス・方丈記・小林多喜二との出会い（2011年6月）
妻、くも膜下出血で倒れる（2012年12月）

戸崎 賢二（とざき けんじ）

1939年生まれ。岐阜市出身。名古屋大学法学部政治学科卒。
1962年ＮＨＫ入社。1999年定年退職までディレクターとして教育・教養番組の制作に従事。
2002年～2009年、愛知東邦大学教授（メディア論）。現在、放送を語る会運営委員。

著書：『ＮＨＫが危ない！』（2014年、あけび書房・共著）
論文：「放送の自律と責任を求めて」（『ＮＨＫ番組改変裁判記録集』解説・日本評論社、2010年）
「ＮＨＫへの政治介入疑惑とテレビ制作者の権利」（東邦学誌35巻第2号、2006年）
「テレビ番組における取材対象者の権利について～『ＮＨＫ裁判』最高裁判決を批判する」（東邦学誌37巻第2号、2008年）
「『ＮＨＫ番組改変事件』と『編集権』」（立命館産業社会論集45巻2号、2009年）ほか多数。

担当番組から（1980年前後～退職まで）
「ＮＨＫ文化シリーズ・文学への招待」（宮沢賢治・石川啄木・高見順・与謝野晶子・長塚節・小川未明などのシリーズ担当）、「ＮＨＫ文化シリーズ・美をさぐる」（絵本・野外彫刻・西洋館ほか）。ＮＨＫ教養セミナー証言現代史（「丸岡秀子」「都留重人」）、ＮＨＫ教養セミナー終戦記念日特集「大岡昇平・時代への発言」、ＥＴＶ８「授業巡礼～哲学者林竹二が残したもの」
1990年代、ＮＨＫ市民大学「田中正造～民衆から見た近代史」ほか、中学・高校向け歴史・地理教育番組・教育情報番組「教育トゥデイ」など担当。
長期取材ドキュメンタリー「若き教師たちへ」「教師誕生」「土に学びこころを耕す～今西祐行農業小学校の記」「浜之郷小学校の一年」など。

魂に蒔かれた種子は―NHKディレクター・仕事・人生

2021年1月8日　第1刷発行 ©

著　者――戸崎　賢二
発行者――岡林　信一
発行所――あけび書房株式会社
101-0073　東京都千代田区九段北1-9-5
☎ 03. 3234. 2571 Fax 03. 3234. 2609
akebi@s.email.ne.jp　http://www.akebi.co.jp

組版・印刷・製本／モリモト印刷

ISBN978-4-87154-184-8 C0095

あけび書房の本

「政府のＮＨＫ」ではなく、「国民のためのＮＨＫ」へ

ＮＨＫが危ない！

池田恵理子、戸崎賢二、永田浩三著　「大本営放送局」になりつつあるＮＨＫ。何が問題で、どうしたらいいのか。番組制作の最前線にいた元ＮＨＫディレクターらが問題を整理し、緊急提言する。

１６００円

今、私たちは何をしたらいいのか？

重大な岐路に立つ日本

世界平和アピール七人委員会編　池内了、池辺晋一郎、大石芳野、小沼通二、高原孝生、髙村薫、土山秀夫、武者小路公秀著　深刻な事態に直面する日本の今を見据え、各分野の著名人が直言する。

１４００円

後世に残すべき貴重な史実、資料の集大成

ふたたび被爆者をつくるな

日本原水爆被害者団体協議会編　歴史的集大成。原爆投下の真の理由、被爆の実相、被爆者の闘いの記録の集大成。詳細な年表、膨大な資料編など資料的価値大。

Ｂ５判・上製本・２分冊・箱入り　本巻７０００円・別巻５０００円（分買可）

ＣＤブックス

日本国憲法前文と九条の歌

うた・きたがわてつ　寄稿・森村誠一、ジェームス三木、早乙女勝元他　憲法前文と９条そのものを歌にしたＣＤと、森村誠一他の寄稿、総ルビ付の憲法全条文、憲法解説などの本のセット。今だからこそ是非！

１４００円

価格は本体